KB048250

군인의 품격

군인의 품격

초판 1쇄 발행 2016년 8월 25일

지은이 최혜경
발행인 송현옥
편집인 옥기종
펴낸곳 도서출판 더블:엔
출판등록 2011년 3월 16일 제2011-000014호

주소 서울시 강서구 마곡서1로 132, 301-901
전화 070_4306_9802
팩스 0505_137_7474
이메일 double_en@naver.com

ISBN 978-89-98294-25-0 (03810)

도서출판 더블:엔은 독자 여러분의 원고 투고를 환영합니다. '열정과 즐거움이 넘치는 책'으로 엮고자 하는
아이디어 또는 원고가 있으신 분은 이메일 double_en@naver.com으로 출간의도와 원고 일부, 연락처 등을
보내주세요. 즐거운 마음으로 기다리고 있겠습니다.

군 인 엄 마 의
가 슴 따 스 한
응 원 산 문 집

군인의
품격

아들에게도... 엄마에게도... 곰신에게도...
637일간의 인생수업

더블:엔

편집자로 사는 삶은, 편집자가 아닌 많은 분들이 생각하는 것보다 훨씬 더 재밌고 행복한 순간들로 가득합니다. 저자의 원고를 가장 먼저 읽어볼 수 있다는 특혜성 즐거움이 있고, 이 원고를 어떻게 다듬을까, 어떻게 디자인을 하면 독자들이 읽어보고 싶어 손을 내밀까, 고민하는 시간들은 아주 벅차면서도 생산적이랍니다.

이번에는 아들을 군대 보낸 엄마의, 절절하면서도 애틋한, 끄덕끄덕 공감코드 그득한, 사랑담긴 원고를 읽었습니다. 글을 읽으며 주책없게도 눈물이 줄줄 흐른 편집장입니다.

마흔이 훌쩍 넘어 엄마가 된 저의 아들은 이제 다섯 살. (흑! 이렇게 제 나이가 나오는군요) 제 친구들 몇몇은 벌써 아들을 군대 보냈다지요. 아들 군대 보내놓고 한 달 동안 밤마다 울었다는 친구의 이야기를 들으며 '나는 나중에 어떻게 아들을 군대 보내지' 벌써부터 걱정을 했습니다. 공감도 잘하고 감정이입도 잘하는 편집장이니까요.

"곧 통일되지 않을까?"

"얘, 나도 내 아들 어릴 때 조만간 통일될 줄 알았어. 시간 빨라."

이런 우스개 대화도 오갔답니다.

아들이 군대 가기 전, 한동안 '군대' 라는 단어가 집에서 금기어였다는 내용으로 시작하는 이 책은, 아들의 군대생활을 좀더 이해하고 도와주기 위해 도서관을 다니며 군대관련 책을 읽기 시작하면서(이 멋진 엄마에게 응원을~!) 아들에게 편지를 쓰는 형식으로 진행이 됩니다(이 부지런한 엄마에게 또 응원을~!).

'군바리'가 아닌, 품격 있는 대한민국의 '군인'으로, 허송세월하는 2년이 아닌, 제대 후 자양분이 되어줄 소중한 기간으로써의 2년이 될 수 있기를, 그러려면 어떻게 준비하고 어떤 마음가짐을 가져야 하는지를 엄마는 아들에게 얘기해주고 싶어 합니다.

637일 동안, 그릇 씻는 일부터 마음 쓰는 일까지 매사를 살얼음 딛듯 살피며 보냈다는 이 엄마의 글을 읽으며 저도 모르게 위로를 받으며 마음이 편안해졌답니다. 아들 가진 많은 엄마들에게 이 책이 힘이 되고 응원을 해줄 수 있으면 좋겠습니다. 그리고 우리의 아들들도 대한민국의 멋진 사나이로, 근사한 군인으로 거듭날 수 있기를 바래봅니다.

p.s.) 최 여사님의 아들 정태웅 군은 637일 동안 군대생활 무사히 잘하고(어머님 덕분에?) 건강하고 멋지게 병장제대 했다고 합니다.^^ 충! 성!

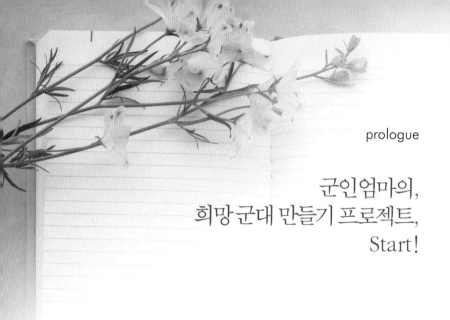

군인엄마의,
희망 군대 만들기 프로젝트,
Start!

군인아들을 둔 엄마는 2014년 여름이 악몽과도 같았습니다. 윤일병, 임 병장 사건으로 온 나라가 들끓고 있을 때, 제 아들은 막 작대기 두 개를 단 일병이었으니까요. 그 일병 아들이 군복무를 마치고 제 품으로 돌아왔습니다.

그것으로 끝나는 줄 알았습니다. 그동안 전전긍긍 노심초사했던 마음 말입니다. 그런데 아직 제게는 군인이 될 어린 조카들이 줄줄이 있네요. 그리고 엘리베이터를 탈 때마다 씩씩하게 인사하는 윗층 아래층 사내녀석들이 눈에 밟히기 시작합니다. 심지어 그 녀석들 엄마 마음까지 미리 헤아려져 마음이 분주하기만 합니다.

아들이 군입대를 위한 신체검사를 받은 날부터 가슴에 납덩이 하나가 매달린 것 같았고, 군입대 날짜를 통보받은 날은 가슴이 쿵! 내려앉았습니다. 무언가 하지 않고는 견딜 수가 없었습니다. 군대와 관련된 책을 찾아서 부지런히 읽었습니다. 실오라기라도 붙잡는 심정으로 군대에 대한 부정적인 시각이 잘못된 것임을 확인하고 싶었습니다.

《나는 세상의 모든 것을 군대에서 배웠다》《내가 느낀 군대, 나만의 병영일기》《군대생활 매뉴얼》《군대생활 사용설명서》《꽃보다 군인》《진짜사나이는 웃으면서 군대 간다》《군대심리학》《아들아 군대를 즐겨라》《군대가는 바보들》《내 꿈은 군대에서 시작되었다》《성공하고 싶다면 군대에 가라》《이등병 엄마의 보낸편지함》《군대가는 아들에게》… 이런 책들을 읽으며 대한민국 젊은이들이 군대에서 자신의 임무를 충실하게 이행하고 있는 모습, 자투리 시간을 미래를 위한 담금질의 시간으로 이용하는 모습을 만날 수 있었습니다. 그리고 우리 아들들이 2년이라는 길고 소중한 시간을 보내게 될 군대에 들어가면서 아무런 준비를 하지 않는 게 얼마나 잘못된 일인지 깨닫게 되었습니다.

간절히 소망하는 마음으로 썼습니다.

아들들이 울며 겨자먹기 식으로 군대에 끌려갔다고 생각하며 스스로를 군바리라 비하하지 않기를!

군인으로서 자긍심을 갖고 군생활에 임할 수 있기를!

병영문화가 개선돼서 더이상 단 한 명의 윤 일병, 임 병장도 나오지 않는 군대가 되기를!

군대 경험이 없는지라 앞에 소개한 책들이 아니었으면 감히 책을 쓸 엄두조차 내지 못했을 것입니다. 저자분들께 감사드립니다.

신병휴가를 나온 아들이 귀대하는 날, "후임병들 절대 때리지 마라" "선임병들한테 대들지 말고 무조건 잘못했다고 해라"라는 당부를 수십 번씩 하며 아들을 배웅했습니다. 그리고 눈이 통통 붓도록 울고 있는데 아들 부대 중대장님이 전화를 주셨습니다. 부모들을 위한 단체 채팅방을 개설했으니 언제든지 이용하라고 하시더군요. 정말 하늘에서 든든한 동아줄 하나가 뚝 떨어진 것 같았습니다. 그날 이후로 질퍽거리던 군인엄마의 마음이 보송보송해졌습니다.

SNS를 통해서 아들의 부대 안 생활을 들여다볼 수 있도록 노력해주신 중대장님, 소대장님, 행정보급관님 등 모든 지휘관들께 감사 말씀 올립니다. 바쁜 일상에도 꼼꼼하고 자상하게 사진과 글을 올려주셔서 부모 마음을 살뜰하게 만져주신 고마움 오래도록 잊지 못할 것입니다. 연대의 모든 병사들 이름을 다 외워서 불러주셨다는 연대장님도 감사합니다. 한솥밥 먹는 군인아들을 둔 이심전심으로 위로와 격려를 아끼지 않았던 부모님들, 군인엄마의 가장 든든한 아군이었습니다.

군생활 하는 내내 "군대체질인 것 같아요" "좋은 사람들 만나 도움을 많이 받아요" 라며 힘든 내색 한번 안 한 정태웅 예비역 병장!

건강하고 한층 성숙한 모습으로 돌아와줘서 고맙다. 군인정신 꼭 부여잡고 심지 곧고 유능한 사람이 되길 소망한다.

637일 동안, 그릇 씻는 일부터 마음 쓰는 일까지 매사를 살얼음 딛듯 살피며 지내다 보니, 오지 않을 것 같은 시간이 오더군요. 의사도 선생님도 한계가 있지만, 엄마는 한계가 없다는 말이 있습니다. 한계가 없는 엄마가 키운 아들 역시 강하고 강했습니다. 걱정 대신 믿음으로, 한숨 대신 기도하는 마음으로 지내다 보니 '거꾸로 매달아도 국방부 시계는 간다'는 말, 사실이었습니다.

이 책을 지난 3월 말에 입대한 제 조카 최승진과 그의 엄마에게, 그리고 대한민국의 모든 아들들과 어머니들께 바칩니다.

CONTENTS

대한민국 모든 군인들에게 응원을~♡

대한민국 모든 엄마들에게 응원을~♡

아들, 건강하고 한층 성숙한 모습으로

돌아와줘서 고맙구나!

의사도 선생님도 한계가 있지만,

엄마는 한계가 없다는 말은 사실이었습니다!

걱정 대신 믿음으로,

한숨 대신 기도하는 마음으로 지내다 보니

'거꾸로 매달아도 국방부 시계는 간다'는 말도,

사실이었습니다.

1
:
행복과 불행은
마음이 빚어낸
마술이다

아들아! 알고 있었니? 한동안 '군대'라는 단어가 우리집 '금기어'가 돼버린 것을? 마치 《해리포터》 시리즈에 나오는 어둠의 마왕 '볼드모트'의 이름을 해리 이외에 그 누구도 불러서는 안 되는 것처럼.

그런데 입영 통보를 받던 날, 그렇듯 전전긍긍했던 마음앓이가 봇물 터지듯 터져버려 그간의 수고가 헛것이 돼버렸구나.

몸과 마음이 건강한 대한민국 청년이라면 마땅히 이행해야 할 병역 의무라고 하지만, 당사자들로서는 피할 수만 있다면 피하고 싶은 게 군입대일 거야. 군면제는 신의 아들, 현역입대는 어둠의 자식이라는 우스갯소리를 듣고도 마냥 웃을 수 없는 이유 역시 군입대가 너희들 청춘에게 주는 압박감이 어느 정도인지 가늠할 수 있기 때문이란다.

일부 특권층 자제들의 병역비리가 불거질 때면, 분노하면서도 또 한편으로는 내 자식에게 빛이 돼주지 못한 부모로서 느끼는 상실감을 어찌 말로 다 표현할 수 있겠느냐! 입대 날짜를 통보받고 두려움과 막막함으로 가득 차 있을 네가 "어차피 갈 군대라면 하루라도 빨리 가면 좋지요"라고 쿨하게 말하는 것을 보니 대견하고 미안할 따름이구나.

'까라면 까야' 하는 곳에 너를 보낼 생각을 하니 하루에도 몇 번씩 온몸의 피가 심장으로 다 모여서 터져버릴 것 같구나. 하지만 엄마는 '나는 방법'을 가르치기 위해 새끼를 둥지 밖으로 떨어뜨리는 어미 독수리가 되어야겠다. 눈물로 붉어진 마음을 다잡고 미지의 세계에 발을 디딜 채비를 하고 있는 너를 향해 죽비를 들어야겠다.

삶에서 소중하지 않은 순간은 없다. 더욱이 군대에서 보낼 2년이라는 시간은 네 인생에서 가장 빛나고 반짝이는 푸른 신록과도 같은 청춘의 서막이다. 시간은 어느 순간 네게 '전역'이라는 선물을 줄 것이다. 1층 없는 2층집을 지을 수 없듯이 2년이라는 긴 시간을 허투루 보내고 네 인생이 튼실해지기를 바랄 수는 없는 법이다.

전역통지서를 받고 위병소 문을 나설 때, 그동안 단절되었던 세상과의 만남이 황홀한 선물이 될 수 있도록 하려면 가장 먼저 군대를 바라보는 시각부터 바꾸어야 한다고 생각한다. '군대에 대한 부정적인 생각부터 바꾸자'라는 당부를 하려고 하니《핑크대왕 퍼시》라는 동화가 문득 생각이 나는구나.

핑크색을 광적으로 좋아했던 핑크대왕 퍼시는 음식조차도 핑크색을 고집할 정도로 모든 소유물이 핑크색 일색이었다. 그것으로 만족할 수 없었던 대왕은 백성들의 소유물은 물론 모든 나무와 풀과 꽃, 동물까지도 핑크색으로 염색하도록 명령을 내렸다.

천하에 못할 일이 없는 왕이었지만 하늘의 색깔까지 바꿀 수는 없었던지라, 왕은 스승에게 하늘을 핑크색으로 바꿀 방법을 찾아내라는 지시를 내렸다. 왕의 명령을 받고 밤낮으로 고심하던 스승은 마침내 왕에게 "하늘을 핑크색으로 바꿔 놓았으니 이 안경을 끼고 하늘을 바라보십시오"라고 말했다. 스승이 건네는 안경을 끼고 올려다본 하늘은 온통 핑크색이었다.

그날 이후 왕은 매일 핑크색 안경을 끼고 세상을 바라보면서 행복한 나날을 보냈고, 백성들은 더이상 핑크색 옷을 입을 필요도, 염색을 할 필요도 없었다. 왕의 스승이 핑크색 렌즈를 끼운 안경을 만들어 하늘까지 핑크색으로 보이게 한 덕분이었다.

세상을 어떤 눈으로 바라보느냐에 따라 행복해질 수도 있고 불행해질 수도 있다. 산 정상에서 내려다보는 세상과 평지에서 바라보는 세상이 달라 보이는 것과 마찬가지다. 볼 수도 들을 수도 말할 수도 없었던 헬렌 켈러 여사. 세상의 잣대로 볼 때 결코 행복할 것 같지 않았던 그녀는 "내 생애 행복하지 않은 날은 단 하루도 없었다"라고 했다.

청나라 2대 왕인 홍타시의 일화도 마음먹기에 따라 일의 성패가 달라짐을 보여주고 있다.

홍타시가 명나라와 최후의 일전을 앞둔 아침, 갑자기 밥상의 다리가 부러졌다. 밥과 국이 모두 쏟아져서 아침을 거를 수밖에 없었다.

보통 사람이라면 그런 상황에서 '이런 불길한 일이 벌어지는 것을 보니 오늘 싸움은 해보나 마나 패할 것 같구나'라고 생각했을 것이다. 그러나 홍타시는 그 순간 무릎을 치며 모든 사람들이 들으라는 듯 큰 소리로 "됐다. 오늘 승리는 우리 것이다. 앞으로 이런 나무 소반이 아니라 명나라 궁중에서 쓰는 금 소반에 밥을 먹으라는 계시가 분명하다"라고 말했다고 한다. 홍타시의 이런 '마음먹기'는 자칫 의기소침할 뻔했던 병사들에게 반드시 승리할 수 있다는 신념을 불어넣어 명나라 군대를 격파하고 중원을 정복하게 만들었다.

힘들고 어려운 상황에 처할 때 그것을 대하는 마음을 바꾸면 그 상황을 헤쳐나갈 수 있는 신념을 이끌어내어 오히려 화려한 꽃과 열매를 맺게 하는 계기가 될 수 있다. 지금부터 군입대를 '어쩔 수 없으니까 끌려간다'고 생각하는 대신 '나라를 지키기 위해 스스로 지원해서 간다'고 생각하길 바란다. 황금같은 시간을 낭비한다고 불평하기 보다는 '군생활을 어떻게 하면 전역 후의 삶에 도움이 될까?'라는 질문에 답을 찾으려 노력하길 바란다. 이런 마음으로 군복무에 임한다면 앞으로 2년여의 시간은 당당하고 멋진 삶을 위한 원동력이 될 것이다.

한 설문조사에 따르면, 응답자의 98%가 군에 대한 정보를 선배나 친구들과의 이야기를 통해 접했다고 한다. 이런 정보는 말하는 사람의 경험담이 과장되거나 왜곡되어 전해질 수도 있다고 본다. 군경험이 없는 엄마 역시 신문이나 방송을 통해서 군인들의 탈영이나 자살 소식 등을 접하고 군대에 대한 부정적인 시각을 키웠을 뿐이다.

네가 입대를 위한 신체검사를 받은 후, 엄마는 군대와 관련된 책을 찾아서 읽기 시작했다. 내 아들이 2년이라는 길고 소중한 시간을 보내게 될 '군대'에 대해 정확한 정보를 얻기 위해서였다. 그리고 실오라기라도 붙잡는 심정으로 군대에 대한 엄마의 부정적인 시각이 잘못된 것임을 확인하고 싶었다.

다행히도 지금부터 소개하는 책들을 통해서 군대에 대한 편견과 선입견에서 벗어날 수 있었다. 책을 읽는 내내 대한민국 젊은이들이 군대에서 자신의 임무를 충실하게 이행하고 있는 모습, 자투리 시간을 미래를 위한 담금질의 시간으로 이용하는 모습에서 안도감과 뿌듯함을 느꼈다.

《나는 세상의 모든 것을 군대에서 배웠다》는 '남들 다 가는' 군대에서 자기만의 기회를 찾아낸 사람들의 생생한 경험과 노하우가 담겨 있다. 특히 이 책은 자신의 취미나 특기를 고려해 그에 적합한 군종이나 병과를 잘 선택하여 입대하면 군생활 자체만으로 많은 것을 얻을 수 있다고 강조하면서 이에 대해 자세한 설명을 곁들이고 있다.

《내가 느낀 군대, 나만의 병영일기》의 저자 김봉주는 병역특례를 받아 산업체에서 일할 수도 있었지만, 대한민국 국민의 4대 의무 중 하나인 국방의 의무를 지켜 앞으로의 인생을 떳떳이 살기 위해 군에 입대했다고 한다. 그는 군입대 전부터 '병영일기' 출간을 목표로 세웠고, 훈련병 시절부터 전역하기 전날까지 하루도 거르지 않고 일기를 써서 전역 후 책을 출간했다. 평범한 사병의 눈으로 군생활의 일상을 가감없이 기록한 책이다.

김정필의《군대생활 매뉴얼》은 현역 대령이 25년간 현장에서 병사들을 지휘하면서 체득한 경험과 노하우가 담겨 있다. 편안한 마음으로 안전하게 군대생활을 할 수 있는 방법, 미리 알면 적응에 도움이 될 만한 군대 환경, 사격이나 방독면 훈련 등 기초 군사지식 및 군대예절 등에 대해 상세하게 기술하고 있다.

전방에서 지휘관과 참모생활을 했던 경험을 토대로 쓴 권해영의《군대생활 사용설명서》는 대접받고 존중받으면서 군대생활을 할 수 있는 방법, 군대에서 자기계발하는 방법, 성공하는 병사들의 습관, 군대에서 절대 하지 말아야 할 일 등에 대해서 조목조목 설명하고 있다.

'대한민국 60만 꽃군인을 위한 건강한 군생활 지침서'가 책의 컨셉인《꽃보다 군인》은 군의관으로 복무한 내과, 외과, 정형외과, 이비인후과, 정신과 전문의들이 쓴 책이다. 군인들에게 흔한 질병이나 부상, 군인이기 때문에 노출될 수밖에 없는 위험들에 대해 의사이자 인생선배로서 병사들에게 이야기하고 있다.

이외에도《진짜사나이는 웃으면서 군대 간다》《군대심리학》《아들아 군대를 즐겨라》《군대가는 바보들》《내 꿈은 군대에서 시작되었다》등의 책도 입대 전에 읽어두면 막연한 두려움이 해소되고 군생활에 대한 목표와 계획을 세울 수 있을 것이다.

PD로 명성을 날렸던 주철환은 "군대는 다양한 종류의 사람을 만날 수 있고 이것이 자신의 인격과 소양을 성숙시켜준다. 군대는 자기를 업그레이드시킬 수 있는 곳이며, 자기 인생을 입체적으로 디자인할 수 있는 시기다"라고 말했다. 군 복무시절 고문관 중 '상' 고문관이었다고 고백하는 그가《청춘》이라는 저서에서 군대 간 아들에게 당부하는 말을 들어보자.

우리가 글쓰기를 처음 배울 때, 마침표, 쉼표, 느낌표, 물음표, 말없음표도 함께 배웠다. 지금이 네 인생에서 느낌표가 가장 많은 시절이 될 것 같구나.
많이 느끼되 가급적 물음표는 찍지 마라. "왜 이런 걸 해야 하지? 왜 이렇게 쓸데없이 반복하지?"라고 생각하지 말고 "이런 게 결국은 도움이 되겠구나! 반복해서 연습하니까 역시 불가능은 없구나!" 이렇게 마음먹기 바란다.

꼼수부리지 않고 당당하게 선택한 군인의 길! 그 길을 어떤 마음으로 걸어가느냐에 따라 꽃길이 될 수도 있고 진창길이 될 수도 있다.
아들아! 이제 아름답고 튼실한 꽃을 피울 씨앗을 뿌릴 준비가 되었겠지?

2
:
몸을 낮추고
바닥이
되어 보렴

군입대 날짜가 정해진 후부터 아빠는 너를 보면 "군대 가면 자존심부터 버려야 한다" 라는 말을 자주 하시는구나. 처음 그 말을 들었을 때에는 '군대 가는 자식에게 할 말이 고작 그것뿐인가?' 싶어 엄마가 타박을 했구나. 그렇지만 너보다 앞서 군생활을 경험한 아빠가 엄마의 타박에도 불구하고 그 말을 반복하는 데는 분명 이유가 있겠지?

'자존심(自存心)'의 사전적 의미는 '남에게 굽히지 않고 스스로의 가치나 품위를 지키려는 마음'이란다. 우리는 은연중에 '내가 제일 잘났다' '내가 최고야'라는 생각을 지니고 있기 때문에 누군가에게 비판이나 질책을 받는 일에 익숙하지 않아. 자신의 존재가 무시당하거나 상처를 입었다고 생각되면 "내가 자존심 하나로 여기까지 버텨왔다" "내가 자존심을 어떻게 지켜왔는데!"라는 말을 불쑥불쑥 하게 되잖니. 고집스럽게 자신을 지키려는 '자존심 세우기'는 자신을 망가뜨리는 독이 될 수 있단다.

세상일에 유연해지기 위해서는 원치 않아도 자존심을 꺾어야 할 순간들이 생기게 마련이고, 때로는 바보 흉내를 낼 줄도 알아야 한단다.

온실 속의 화초처럼 귀한 대접을 받고, 아무리 탁월한 스펙을 지닌 사람일지라도 군대에 가면 갓난아기와 마찬가지다. 선임병들은 군대에 대해서 백지 상태인 신병들을 유능하고 늠름한 군인으로 태어나게 해야 한다. 그 과정에서 혹시라도 부당한 대우를 받고 인간으로서 참을 수 없는 수치심을 느낄 수도 있을 것이다. 그럴 때 분노와 모욕을 이기지 못해 감정의 폭풍우에 휩싸이지 않아야 한다. 누군가의 말처럼 아무리 짓밟아도 20달러가 1달러로 변하지 않듯, 모욕을 당한다고 해서 네가 하찮은 사람으로 전락하는 것은 아니다.

　노자의 《도덕경》에 '곡신불사(谷神不死)'라는 말이 나온다. 세상의 모든 것이 말라도 계곡은 마르지 않는다는 뜻인데, 계곡이 마르지 않는 이유는 무엇일까? 가장 낮은 곳에 있기 때문이다. 우뚝 선 산의 아름다움보다는 낮은 곳으로 임하는 계곡에서 아름다움을 찾아보자. 계급이 철저한 군대에서 가장 낮은 계급을 달게 되었으니 철저하게 바닥이 되려는 마음가짐을 가져보아라. 굽힐 수 있는 자는 부러지지 않는다. 비바람이 몰아칠 때 나무들이 뿌리째 뽑히지 않고 살아남는 방법은 비바람에 온몸을 맡기고 같은 방향으로 리듬을 타며 흔들리는 것이란다. 때때로 자기 몸을 굽혀 가면서 말이다.

선임병들은 너보다 앞서 군생활을 경험했고, 혹독한 과정을 한 단계씩 거쳐서 그 자리에 설 수 있게 되었다. 앞서 겪고 먼저 경험한 그들의 노고를 존중하고 그들에게서 군생활의 노하우를 배우려고 노력해야 한다. 그들이 아니면 생면부지의 군생활을 누구에게서 배운단 말이냐? 목마른 사람이 우물을 파야 한다. 그들에게 매달려서 그 부대만의 규칙과 규범을 속속들이 익혀야 한다. 졸병답게 자세를 한껏 낮추어라.

노은 시인이 쓴《이등병 엄마의 보낸편지함》은 아들을 군에 보낸 엄마의 애틋한 마음이 고스란히 녹아 있다. 울먹이는 엄마의 등을 토닥여주는 따뜻한 손길같은 책이다. 특별히 네게 들려주고 싶은 글이 있어서 옮겨본다. 읽으면서 아직 네 마음 어느 구석에 자존심이 자리하고 있다면 과감하게 떨쳐버리길 바란다.

군대라는 낯설고 이상한 나라로 떠난/그리운 내 아들아/바닥이 되렴/몸을 낮추고 바닥이 되어 보렴/납작 엎드려 누군가의 밥이 되어 보렴/계급이 있는 한/불공평하다는 것을 인정해 보렴/욕하면 먹고/모욕감도 홀홀 털어 버리렴/ 날마다 욕을 쳐먹으면서도/꿋꿋하게 다시 일어서며 웃는/바보가 되럼/세상의 어떤 욕도/네 부드러운 살을/파고들지는 못할 거야/지독한 가시 같은 모욕감도/ 네 뼈에 새겨지지는 않을 거야/지나간다/스쳐 지나가는 것일 뿐이야/세상의 모든 가시들이 바닥으로 떨어지고/세상의 모든 독한 것들이 바닥을 향해 내려 앉더라도/넌 그대로야/넌 잠시 바닥에 있을 뿐/네가 바닥이 아닌 게 분명하니까/이제 한 걸음씩 계단을 올라갈 거니까….

상업학교를 졸업하고 회사에 다니던 때가 떠오른다. 당시에 기거하던 집에서 회사까지 가려면 두 시간이 넘게 소요됐다. 7시까지 사무실에 도착하기 위해서는 새벽 4시에 일어나야 했다. 8시경, 간부들과 직원들은 내가 말끔하게 정리정돈해 놓은 사무실에 도착했다. 다른 직원들과 같은 시간에 출근해서 청소를 해도 시간이 충분했고, 늦었다고 나무라는 사람도 없었다. 그런데도 3년 동안 철저하게 나만의 불문율을 지켰다.

열아홉 살 소녀의 가슴시린 타향살이와 더불어 오랜 시간 기울인 각고의 노력에 찬사를 보내는 것이 우선일 듯싶다. 그렇지만 나이가 들어 잔잔한 눈으로 돌이켜보니 난 그때 남들에게 청소하는 모습을 보여주는 게 무척 자존심 상하는 일이라 생각했던 것 같다. 외국 바이어들에게 보낼 편지를 순식간에 써내는 엘리트 직원들이 하는 일에 비해, 책상을 닦고 전날 먹다 남은 커피잔을 씻는 일을 하찮고 창피한 일로 규정지어 버렸던 것이다.

세상의 잣대가 근사하고 하찮음을 재단할 뿐, 모든 일은 나름대로의 고유한 가치를 갖는다. 자신의 일을 허드렛일이라 생각하고 다람쥐 쳇바퀴 돌듯 반복하는 데만 급급하지 않는다면 말이다.

필리핀에서 미국으로 이민을 간 버지니아 아주엘라라는 여성이 있다. 고졸 학력에 이주민이었던 그녀는 호텔에서 청소하는 일을 하게 되었다. 리츠 칼튼 호텔에 입사한 그녀는 고객만족을 위한 '총괄품질경영'에 관한 교육을 받게 된다. 청소 따위의 허드렛일을 하는데 무슨 고객만족이냐고 불평하는 다른 청소부들과 달리 아주엘라는 고객을 최대한 만족시킬 수 있는 방법을 고민하기 시작했다.

아주엘라는 청소 도구와 비품을 담은 카트에 작은 수첩을 걸어놓고 고객의 이름과 습관, 특성, 그리고 특별히 원하는 것이 무엇인지를 꼼꼼하게 기록했다. 그것을 바탕으로 고객별로 맞춤 서비스를 실시했고, 고객을 대할 때는 반드시 이름을 불러줌으로써 고객을 감동시켰다. 또한 작업 능률을 향상시키기 위해 침대 정리와 욕실 청소 방법 등을 개선하여 다른 직원들과 공유하고, 경영진에게 보고하기도 했다. 그녀의 이러한 노력은 그녀를 말단 청소부에서 객실 품질관리 책임자의 자리까지 오르게 했고, 훗날 호텔에서의 청소 노하우를 바탕으로 컨설팅 사업에까지 진출하게 했다.

일에 대한 애착을 갖고, 남들과 다르게 특별하게 할 수 있는 방법을 궁리하면서 일을 해낼 때 무의미하고 평범한 일은 없다. 자신이 하고 있는 일에 충실했을 뿐이라고 말하는 아주엘라처럼 누구나 할 수 있는 일을 노하우로 발전시켜 자신은 물론 자신이 소속된 집단의 이익에 기여할 수 있는 사람이 되어야 한다.

여기, 보잘것 없는 일상을 특별한 날들로 만든 또 한사람이 있다. 마크 샌번의 책《우체부 프레드》에 등장하는 실존 인물, 프레드의 이야기다. 동기부여 전문가이면서 세계적인 베스트셀러 작가인 마크 샌번은 강연을 하느라 1년에 200여 일 정도 집을 비웠다. 우편함에 잔뜩 쌓인 우편물은 도둑을 부르는 일이라 생각한 우체부 프레드는 작은 우편물은 우편함에, 큰 우편물은 밖에서 안 보이도록 현관문 아래로 밀어 넣었다. 우편물이 많아 더이상 밀어 넣을 수 없으면 샌번이 집으로 돌아오는 날 배달을 했다. 집주인인 샌번보다 더 샌번 집의 안전을 걱정해주었던 것이다.

한번은 이런 일도 있었다. 보름간의 출장을 마치고 돌아온 샌번은 현관문을 열다가 도어매트가 사라진 것을 발견했다. 사라진 도어매트는 베란다 아래에 있었고 뭔가를 덮고 있었다. 도어매트를 들어 올리자 소포와 프레드가 남긴 쪽지가 나왔다. 샌번이 집을 비운 사이 택배회사가 샌번한테 온 소포를 엉뚱한 집으로 배달했는데, 프레드가 우연히 그것을 발견하고 샌번 집으로 가져왔던 것이다. 게다가 도난당할 것을 우려해 사람들의 눈에 띄지 않게 소포를 베란다 아래에 두고 도어매트로 덮어두었다. 프레드는 자신의 고객을 위해서 택배회사의 실수까지 처리하는 사람이었다.

그의 행동은 샌번에게 큰 감동을 주었고, 그 후로 샌번은 미국 전역을 돌아다니며 강연과 세미나를 할 때마다 프레드를 화제로 삼았다. 기계적으로 우편물을 배달하는 데 끝나지 않고 우편물을 배달하면서 현관문에 부착된 광고물을 떼어내고, 인도에 흩어진 신문을 치우고, 청소차가 아무데나 놓은 재활용 쓰레기통까지 눈에 띄지 않는 곳으로 옮겨 놓는 프레드의 이야기는 사람들을 매료시켰다. 모두가 프레드를 닮고 싶어했다. 프레드는 우편배달이라는 평범하고 단순한 일에 열정과 소명의식을 갖고 있었다.

아주엘라와 프레드는 똑같은 일을 해도 아주 특별하게 해내는 사람들이었다.

군대의 하루는 오전 6시(동계에는 6시 30분)에 시작된다. 오전에는 아침점호 및 뜀걸음, 교육훈련을 하고, 오후에는 체력단련, 자율활동에 이어 점호를 마친 후 10시에 취침을 한다.

군에 입대하면 이런 일과와 함께 개인 장비 및 보급품 등을 정리정돈하는 일은 물론 청소, 빨래 등의 모든 일을 병사들 스스로 해결해야 한다. 잔디를 깎고 창고에 물건을 정리하고 페인트칠을 하기도 한다. 태풍이 지나간 뒤에는 피해 복구를 위해 동원되기도 하고 폭설이 온 뒤끝이라면 산더미같은 눈을 치우느라 사투를 벌이기도 한다. 모든 것이 자급자족인 군에서는 병사들이 꼭 해야 할 일들이다. 아무리 사소하게 보이는 일일지라도 최선을 다해 성실하게 이행해야 한다. 국가의 안위 여부가 달린 군대라는 곳만큼 맡은 일을 충실하게 해내야 하는 곳도 없을 것이다.

　청춘의 특권을 내려놓고 육지에서, 바다에서, 하늘에서 고생하는 아들들 덕분에 분단국의 국민인 우리가 평안한 일상을 누릴 수 있는 것이다. 조국의 오늘과 내일이 보장되는 것이다. 그러니 '군인'이라는 신분에 자긍심을 갖고, 네가 하는 일 하나하나가 나라를 지키는 일이라는 것을 명심하거라.

　'나라를 지키는 일!', 세상 그 무엇보다 충실하고 특별하게 해야할 일이다.

3
⋮

637일, 쉼 없이
너를 응원 할거야

할머니를 찾아뵙고 인사드리기로 약속한 날이다.

요즘 맨 정신에 여기저기 불려다니며 송별회를 하고 있는 너를 지켜보며 처음으로 술에 약한 너의 유전인자가 불만스럽기만 하구나. 활시위처럼 몸을 웅크리고 자는 모습이 군입대를 앞둔 착잡한 네 심정을 대변하고 있는 듯하다. 그런 네 마음이 엄마한테 그대로 전해져 납덩이처럼 가슴에 매달린다. 부옇게 흐려진 눈으로 소리나지 않게 방문만 열고 닫기를 몇 차례 반복했단다.

할머니는 너를 보자마자 눈물부터 흘리셨고, 너는 "잘 다녀오겠습니다. 건강하게 계셔야 해요"라며 할머니를 안아드리더구나. 연신 눈물을 닦아내는 할머니는 남편과 자식 셋이 잇달아 군대에 가는 것을 지켜보셔야 했단다. 막내아들이 제대하는 날, 한숨을 돌리셨다는 할머니! 수십 년이 지난 후, 다섯 손자가 차례로 군인이 되었고, 마지막으로 네가 군인의 길에 들어서려 하고 있다. 할머니의 노심초사는 네가 제대하고 오늘처럼 할머니를 안아드리는 날까지 계속될 것이다.

네가 군대에 간다고 하니 모든 피붙이들이 너를 염려하는구나. 수십 년 전에 군대에 다녀온 경험이 있는 남자어른들은 이구동성으로 "군대 있는 곳으로 얼굴도 돌리기 싫지만, 살아가는 동안 군대생활하는 것만큼만 하면 못할 일이 없을 것이다"라고 말하며 군생활을 안전하고 알차게 할 것을 당부하셨지. 군대에 가본 적이 없는 여자어른들은 약골인 네가 우리나라에서 가장 춥다는 강원도에서 군생활을 한다고 하니 안쓰러워서 어쩔줄 몰라 하시고….

너를 아는 모든 사람들이 네가 군생활을 무사히 마치고 건강하게 전역하기를 바라고 있다. 너의 가장 중요한 임무는 무탈하게 건강한 모습으로 돌아오는 일이다.

아들아! 너는 정말로 '안녕'해야 한다.

어려서부터 동생을 유난히 챙겼던 누나는 수시로 전화를 해서 너의 안부를 묻는다. 혹시 의기소침해 있지는 않은지 염려가 되는 것이다. 전역한 선배나 동기들한테 물어서 훈련소에 들어갈 때 필요한 물건들을 수시로 알려준다.

　"아날로그 말고 방수 잘 되고 불 켜지는 시계 꼭 있어야 한대요. 로션이나 스킨은 플라스틱 병에 담아주세요."

　"작은 수첩에 친구들 연락처 꼭 적어가라고 하세요. 가족사진도 한 장 준비해주세요."

　"깔창, 물집방지 패드, 라이트펜, 전화카드, 위장크림, 핸드크림도 챙겨주세요."

　"혹시 지금 복용중인 약 있나요?"

　입영시 금지물품도 있고, 훈련병 시절에는 가지고 간 물품을 제대로 사용할 시간조차 없다고 하는데도 엄마는 혹시라도 빠뜨린 물건이 있을까봐 전전긍긍하고 있다. 오늘도 네 눈치를 보며 보온양말을 가방 속으로 슬그머니 밀어 넣었다. 네가 외출한 후에 보니까 그 양말이 서랍 속에 있더구나. 아마 너와 나 사이의 이런 '밀당'은 입대 전날까지 반복될 듯싶다.

너희 어린 시절을 떠올리면 지금도 입꼬리부터 올라가는 장면이 있다. 너희가 외할아버지 외할머니 따라서 유원지에 놀러갔던 날, 여기저기 깡충깡충 뛰어다니던 너는 얼마 지나지 않아 다리가 아프다고 칭얼대기 시작했단다. 그 모습을 본 누나가 너를 달래는가 싶더니 이내 네 앞에 쭈그리고 앉아서 너를 업고 일어서더란다.

"그 자그마한 몸으로 제 동생을 어찌나 야무지게 업고 다니던지! 그 힘이 어디서 나왔는지 지금 생각해도 신통하기만 하다. 아마 엄마 대신 동생을 챙겨야 한다는 생각을 하고 버텼겠지."

외할머니는 생전에 너희들의 돈독한 남매의 정을 자랑할 때마다 그 이야기를 들먹이셨다. 여섯 살짜리 어린 아이가 네 살배기 사내 아이를 업고 낑낑대는 모습을 상상해보아라. 힘에 겨워 절절 매면서도 혹시라도 넘어져 동생이 다치기라도 할까봐 있는 힘을 다해 버텼을 것이다.

언젠가 신문에서 뇌성마비를 앓고 있는데다 시력까지 나빠 책을 읽기 힘든 아들을 위해 온 가족이 같은 대학 같은 학과에 편입했다는 기사를 본 적이 있다. 아버지는 아들을 위해 다니던 직장까지 그만 두었다. 이들 가족은 아침마다 부모님뿐만 아니라 동생까지 서로를 도와가며 휠체어를 끌고 등교를 한다. 함께 강의를 듣고, 집으로 돌아와서는 수업 내용을 정리해서 함께 공부를 했다고 한다.

힘들어 하는 동생을 위해서 없던 힘도 생기는 것! 장애로 고통받는 아들과 형을 위해서라면 자기의 희생이 대수롭지 않은 것! 이것이 가족의 마음이다. 가족이 어려움에 처했을 때 나의 처지, 나의 행복은 뒷전이다. 내가 가진 모든 것을 기꺼이 줄 수 있고, 줄 수 없는 처지라면 그래서 가슴이 아리다. 서로 사랑하는 방식이나 표현이 서툴러서 오해와 상처를 줄 때도 있지만 그것마저도 '가족'이라는 이름으로 감싸게 된다.

1995년, 서울 강남에 있는 대형백화점이 쿵! 소리와 함께 눈 깜짝할 사이에 무너졌다. 이 충격적인 사고로 500명 이상이 사망하고 1,000명 가까이 되는 사람들이 부상을 입었다. 거대한 콘크리트 잔해 속에서 생존자를 찾는 작업은 더디기만 했고, 시간이 흐를수록 생존자에 대한 기대감도 흐려지고 있었다. 그런데 사고 시각으로부터 377시간 만에 전 국민을 환호케 한 기적이 일어났다.

몸조차 제대로 움직일 수 없는 상태로 갇혀 빗물로 목을 축이며 생사의 갈림길을 넘나들던 한 여성이 구조된 것이다. 한 기자가 이 마지막 생존자에게 어떻게 그 고통스러운 시간을 버텨낼 수 있었는지 물었을 때 그녀는 "가족들과 떠난 여행, 함께한 시간들을 하나하나 끄집어내며 죽음의 공포를 이겨냈다"라고 대답했다.

생각하는 것만으로도 죽음의 공포를 이겨낼 수 있게 하는 가족!

세상에 맞설 힘과 용기를 주는 가족! 때로 짐이 되기도 하지만, 힘들고 지칠 때 돌아갈 수 있는 최후의 보루이자 아늑한 둥지이다. 삶이 버겁고 외로울 때 가족을 생각하면 위안을 받고 다시 일어설 힘을 얻게 된다.

2004년 동남아를 덮친 쓰나미 속에서 살아 남은 마리아 벨론의 말은 가족의 소중함과 고마움을 다시 한번 일깨워준다.

"가족의 이름을 부를 수 있는 매 순간이 기적입니다. 당신은 매일 기적 속에 살고 있습니다. 그 기적을 소중히 여기십시오. 그리고 사랑하십시오."

입대 전에는 부모 속을 썩이던 아들도 군대에 가면 모두 효자가 된다고 한다. 특히 신병훈련소와 자대배치를 받은 직후에는 여자친구보다 부모 생각을 훨씬 더 많이 한다고 한다. 생전 처음으로 해보는 고생 앞에서 부모의 희생과 사랑에 감사하는 마음이 생기고, 그런 부모를 아프게 하고 힘들게 했다는 자책감이 들 것이다. 세상의 모든 부모들은 자식의 존재 자체만으로도 충분히 기쁘고 행복하단다. 그러니 혹시라도 자책감으로 눈물짓지 말아라.

어버이를 뜻하는 '친(親)'이라는 글자를 풀어서 나누어보면 '멀리 나간 자식을 기다리기 위해 나무 위로 올라가 바라본다'는 뜻을 지니고 있다. 엄마 아빠는 너와 함께 훈련병이 되고, 이병이 되고, 일병이 되어 네가 건강하게 우리 품으로 돌아오기를 고대하고 있을 것이다. 어느 순간이든 네가 어떤 모습이든 우리가 너를 사랑하고 응원하고 있다는 것을 꼭 기억해야 한다.

다음 이야기는 1999년 TV에서 방영된 〈학교 2〉의 '어느 날 심장이 말했다'의 에피소드로 사용되었고, 고등학교 국어 교과서에도 게재된 내용이다. 이 이야기만큼 부모의 심정을 그대로 표현한 것도 없을 듯싶다.

옛날에 한 청년이 살았다. 청년은 아름다운 여인을 만나 사랑에 빠졌다. 여인은 청년에게 별을 따다 달라고 했다. 청년은 별을 따다 주었다. 여인은 청년에게 달을 따다 달라고 했다. 청년은 달도 따다 주었다.

어느 날 여인이 청년에게 말했다.

"당신 부모님의 심장을 꺼내 오세요."

많은 고민과 갈등을 했지만 결국 청년은 부모님의 가슴 속에서 심장을 꺼냈다. 그리고 부모님의 심장을 들고 뛰기 시작했다. 오직 그녀와 함께할 자신의 행복만을 생각하며 달리고 또 달렸다. 너무 서두른 나머지 돌부리에 걸려서 넘어지는 바람에 심장이 땅바닥에 떨어지고 말았다.

그때 흙투성이가 된 심장이 이렇게 말했다.

"얘야, 어디 다치지 않았니?"

"어디 다치지 않았니?" 이것이 부모 마음이란다. 나는 아파도 자식은 건강하기를 바라고, 나는 고통스러워도 자식은 편안하기를 바란다. 자식에 대한 부모의 사랑은 무조건적이고 절대적이다. 자신을 아낄 줄 모른다. 모든 것을 다 주고도 더 주지 못해서 안타까운 마음이 자식을 향한 부모의 사랑이다. 세상 모든 부모들이 가장 보고 싶은 풍경은 자식이 건강한 몸과 마음으로 올바르고 행복하게 사는 것이다. 이런 부모 마음을 저버리지 않는 것이 자식의 도리이다.

2004년 영국문화원에서 영어를 쓰지 않는 102개국 4만여 명을 대상으로 설문조사를 한 결과, '어머니'가 가장 아름다운 단어로 뽑혔다. 70위까지 순위를 발표했는데 '아버지'는 아예 순위에 들지도 못했다고 한다.

열정(2위)이나 미소(3위)와 같은 단어는 백번 양보해서 그렇다치더라도 호박(40위)이나 우산(49위)과도 견줄 수 없는 아버지라니! 참으로 안타까운 일이다.

대부분의 사람들에게는 아버지보다 어머니에 대한 기억이 훨씬 애틋하게 자리잡고 있다. 열달 동안 탯줄로 교감을 나누고 품안에 품어 키운 진한 애정을 어찌 말로 표현할 수 있겠느냐만은 자식의 주검 앞에서 통곡하던 어머니가 눈물도 보이지 않는 남편을 나무라자 어렵게 연 아버지의 입에서는 핏물이 흐르더라는 이야기가 있다. 때로는 표현하지 않는 사랑이 더 애틋하고, 울지 못하는 슬픔이 더 큰 슬픔일 수가 있는 법이다.

《진짜사나이는 웃으면서 군대 간다》를 보면, 한 훈련병이 완전군
장으로 40km 행군훈련을 마치고 귀대하는 도중 아버지를 떠올리며
쓴 글이 나온다.

드디어 도착한 막사 앞을 지나려는 순간 '내가 메고 있는 군
장의 무게는 아버지의 어깨보다 가볍다' 라는 문구가 시야
에 들어왔다. 이 문구를 보는 순간 나도 모르게 가슴이 먹먹
해지고 눈물이 고이기 시작했다. 그동안 나는 아버지 생각을
조금이라도 해봤던가, 하고 반성하게 되었다. 오늘 10시간
동안 졌던 군장보다 무거운 무형의 짐을 아버지는 평생을 짊
어지셨고 앞으로도 그러실 것이다. 앞으로 나는 아버지의 어
깨를 더는 무겁게 해드리지 않을 것이라고 다짐했다….

매력적인 남성들에게는 아버지와 좋은 관계를 유지하며 아버지
를 존경한다는 공통점이 있다고 한다. 네게 좋은 역할모델로서 손
색이 없는 아버지의 삶을 이해하고 공감하려는 노력을 통해서 존경
받고 사랑받는 아버지와 남편, 따뜻하고 유능한 사회인이 되길 바
란다.

육체적으로든 정신적으로든
고통을 겪고 있을 때,
가족의 사랑이 진통제이며 힘이다.
가족이 희망인 것이다.

(괴테)

4
⋮
머무는 곳마다
주인이 되어라

102보충대 가기 전 마지막 휴게소에 도착. 너처럼 모자를 푹 눌러쓰고 야상잠바에 추리닝 바지를 입은 녀석들이 여기저기 보이는구나. 출발하기 전, 추레해 보일까봐 다른 바지를 입으라는 말에 "굼뜨지 않고 빠릿빠릿하게 움직이려면 추리닝 바지가 편해요"라고 대답하더니, 너는 벌써 군인이 되어가고 있구나!

춘천 시내에 들어와 수없이 많은 닭갈비 식당들 중 눈에 띄는 한 곳에 자리를 잡았다. 넓은 식당 안에는 우리처럼 아들을 배웅하려는 가족들이 빼곡이 자리를 잡고 있더구나. 보내는 마음 떠나는 마음이 서로 얽혀서 조용하기만 하다. 익숙한 손놀림으로 닭갈비를 이리저리 뒤집던 식당 사장님이 "아버님이 나중에 대통령이나 국회의원이 될지도 모르니까 아드님 군대는 잘 보내는 겁니다"라고 말을 건네더구나. 부모 마음을 헤아리는 그 분만의 위로 방식이겠지. 하지만 엄마는 너를 데리고 오던 길 되짚어 갈 수만 있다면 세상의 어떤 부귀영화도 포기하련다.

102보충대 연병장! 노란 햇살 분말이 날아다니는 듯한데, 이곳에서는 보기 드문 날씨라고 한다. 유일하게 고마운 날씨다. "입영 장병 앞으로!" 하는 구령과 함께 여지껏 한번도 보지 못했던 서늘해진 네 낯빛을 보았다. 엄마는 사는 동안 그 얼굴을 잊지 못할 것 같다. 마지막까지 네 모습을 놓치지 않으려 눈물 가득한 눈에 힘을 주어보는데 시야에서 네가 사라져 버렸구나.

집으로 돌아오는 차 안에서, 우리는 온 얼굴이 눈물범벅이 되도록 울었다. 1년 전, 두 아들을 10일 간격으로 입대시킨 친구, 쌍둥이 아들을 같은 날에 훈련소에 보낸 친구가 떠올랐다. 그녀들은 그 고통스런 시간을 어떻게 견뎌냈는지? 뒷좌석에 앉아서 엄마 아빠를 어떻게든 웃게 하려고 쉴 새 없이 재잘대는 딸이 있어서 참 다행이다.

　지금 이 순간부터 네 앞에 펼쳐질 낯설고 혹독한 홀로서기를 생각하니 마치 생살이 찢겨나가는 듯하다. 그럼에도 불구하고 엄마는 가슴을 치며 통곡하는 대신 따뜻한 돌직구로 새내기 군인을 응원해야겠다.

　우리는 가끔 '지금 이런 상황만 아니라면' '지금 여기만 아니라면' 뭐든지 이루어질 것 같고 훨씬 더 잘 해낼 것 같다는 생각을 한다. 현실에 대한 불만이 크면 클수록 정도는 더 심해져서 몸은 지금 여기 있는데, 마음은 끊임없이 파랑새를 찾아다닌다.

　자신의 현재 일에는 별 흥미를 느끼지 못하고 장래의 막연한 행복만을 추구하는 현상을 '파랑새 증후군(bluebird syndrome)'이라고 한다. 벨기에 작가 모리스 마테를링크가 100년 전에 쓰고, 전 세계 어린이들이 지금도 즐겨 읽는 동화《파랑새》에서 유래한 말이다. 주인공 틸틸과 미틸 남매는 꿈에 나타난 요술 할머니에게서 파랑새를 찾아달라는 부탁을 받고 파랑새를 찾기 위해 길을 떠났지만 그 어디에도 파랑새는 없었다. 결국 빈손으로 집에 돌아오는데 그토록 찾아 헤매던 파랑새가 자기 집 새장에 있더라는 이야기다.

자기 자리에서 최선을 다하는 것이 미래를 준비하는 가장 좋은 방법이다. 오늘이라는 시간을 어떻게 보냈느냐에 따라 미래가 달라진다. 현재의 삶을 대충대충 살면서 빛나는 미래를 꿈꾸는 것만큼 어리석은 일은 없다. 지금 이 순간, 지금 여기에 충실하지 않고는 어느 곳에서도 파랑새를 찾을 수 없다.

불교 경전에도 '수처작주 입처개진(隨處作主 立處皆眞)'이라는 말이 나온다. '머무르는 곳마다 주인이 되어라. 지금 있는 그곳이 진리의 세계이니라'라는 뜻이다. 즉문즉설(卽問卽設)을 통해 세대를 넘나드는 인생 멘토로서 행복 메시지를 전달하고 있는 법륜스님도 방황하는 청춘들에게 "지금 한순간 한순간이 내 인생입니다. 이걸 떠나서 다른 내 인생은 없습니다. 내일은 내일이고, 지금 현재가 중요합니다. 그러니 현재에 집중하세요"라고 충고한다.

스님은 머무는 곳마다 주인이 되는 법을 가르치기 위해 "우리가 강연장에 앉아 있다고 가정하면, 강연을 하는 제가 주인이고 여러

분이 객일까요? 아니면 듣는 여러분이 주인이고 강연하는 제가 객일까요?" 하고 묻는다.

강연을 하는 사람이 그 날의 주인공이라는 일반적인 생각과 달리 스님은 다음과 같이 그 자리에 있는 모든 사람이 주인이 되는 방법을 가르친다.

강연을 하는 사람이 "아이고! 바쁜데 귀한 시간을 내서 여기 와서 이렇게 눈 초롱초롱 뜨고 열심히 제 이야기를 들어주니 감사합니다" 라는 마음으로 더 열심히 더 재미나게 강의를 하면, 그 시간은 강연을 하는 사람이 주인이 된다고 하셨다.

그렇다면 강연을 듣는 사람이 주인이 되는 방법은 무엇인가? "스님이 평생 닦은 지혜를 내가 짧은 시간 동안 듣고 배울 수 있으니 정말 좋아요. 다섯 시간이고 열 시간이고 이야기해 주세요" 하는 마음으로 앉아 있다면 이 시간은 듣는 사람이 주인이라고 하셨다.

미국의 석유회사 스탠더드 오일에 애치볼드라는 신입사원이 들어왔다. 입사 후 얼마 지나지 않아 그의 별명은 이 회사의 광고 문구인 '한 통에 4달러'가 되었다. 애치볼드가 출장 가는 곳마다 숙박부에 자신의 이름과 함께 '한 통에 4달러, 스탠더드입니다'라는 문구를 적어 넣었기 때문이다. 동료들이 유난을 떤다고 생각하며 조롱삼아 붙여준 별명에도 불구하고 애치볼드는 한결 같았다. 애치볼드의 이러한 행동은 회사의 사장인 석유왕 록펠러의 귀에 들어갔다.

록펠러는 그렇게 열정적인 직원이 누구인지 한번 만나고 싶어 했다. 애치볼드를 만난 자리에서 록펠러는 "당신처럼 일에 열중하는 사원과 함께 일해보고 싶다"고 제의를 했고, 월급받는 만큼 일하는 다른 동료들과는 달리 주인보다 더 주인처럼 일을 했던 에치볼드는 록펠러가 은퇴했을 때 그의 뒤를 이어 석유왕이 되었다.

자기가 하는 모든 일과 속해 있는 조직에서 주인의식을 가져야 한다. 돌아오는 보상만큼만 일하면 된다는 생각으로 눈가리고 아웅하며 대충대충 넘겨서는 안 된다. 내게 주어진 모든 일이 '내 일'이라는 생각을 갖고 최선을 다할 때 나의 미래가 달라진다. 그러한 생각이 발전할 수 있는 터전이 되어 결국 나를 성공의 길로 이끄는 것이다.

군대처럼 단체생활을 하는 곳에서는 자칫 잘못하면 주인의식이 결여되기 쉽다. 사람이 많으니 전력투구하지 않고 어영부영 다른 사람에게 묻어가도 표가 나지 않는다고 생각하기 때문이다. 100여 년 전의 실험에서도 이같은 사실이 증명되었다. 독일의 심리학자 링겔만은 줄다리기를 통해 집단 내 개인 공헌도를 측정했다. 한 명이 당길 수 있는 힘의 크기를 100으로 했을 때 2명, 3명, 8명으로 구성된 그룹은 각각 200, 300, 800의 힘이 나올 것으로 예상했다. 그런데 실험의 결과는 달랐다. 2명이 참가하면 한 사람의 힘은 93으로, 3명이 참가할 때는 85로, 8명이 함께할 때는 그 힘이 49로 혼자 할 때의 절반으로 줄었다. 이처럼 참가하는 사람이 늘수록 1인당 공헌도가 떨어지는 현상을 '링겔만 효과(Ringelmann Effect)'라고 한다.

줄을 당기는 사람이 많아질수록 힘이 늘어나야 하는데 오히려 줄어드는 것은 대부분의 사람들이 '내가 하지 않아도 누군가가 하겠지'라고 생각하기 때문이다. 단체생활에서 무임승차하려는 사람이 많은 조직일수록 발전을 기대할 수 없다. 강 건너 불 보듯 하면서 누군가의 덕만 보려는 개인 역시 당장은 편할지 몰라도 종국엔 설 자리가 없어지게 된다. 누군가 하겠지, 하고 뒷걸음질 치기보다 지금 당장 필요한 사람은 바로 '나'라는 생각으로 모든 일에 앞장서는 멋진 사나이가 되어야 한다.

영화와 드라마를 통해서 명품연기를 보여주고 있는 안석환이라는 배우가 있다. 그는 군생활을 하는 내내 자원해서 일요일에도 보초를 섰고, 작업이 생기면 제일 먼저 손을 들었다. 완전군장 구보 중에 옆 사람의 총을 들어주고, 일주일 내내 전투복을 못 벗는 5분 대기조에도 지원했다고 한다.

그가 이렇게 군생활을 열심히 할 수 있었던 것은 "군생활 중엔 계산하지 마라"는 말 덕분이었다고 한다. 훈련소를 수료하고 자대배치를 기다리고 있을 때 한 지휘관이 던진 말인데, 당시에는 무슨 말인지 이해가 되지 않았지만, 군생활을 하면 할수록 뼛속 깊이 그 뜻을 깨닫게 되었다고 한다. 제대한 지 30년이 지났는데도 잊혀지지 않는 그 말에 대해 그는 이렇게 말한다.

계산하지 말라는 것은 내가 얼마나 힘들게 많이 일하는지 따지지 말라는 이야기다. 내가 빗자루 한 번 더 드는 것을 남과 비교하지 말라는 이야기다. 내가 힘들었던 것을 계산해두면 그만큼 남을 고생시키려는 보상심리가 생긴다. 나만 힘든 것 같아 억울해지기도 한다. 그러나 계산하지 않으면, 그대로 나의 덕을 쌓는 일이 되지 않겠는가.

안석환 씨처럼 계산하지 않고 모든 일에 최선을 다하는 것이 군대에서 주인공이 되는 방법인 것 같다. 삶의 순간순간이 모여서 인생이 되는 것이기 때문에 어느 한순간도 구경꾼이나 방관자가 되어서는 안 된다. 인생에 리허설은 없다고 하지 않니? 내 인생의 주인공은 '나'여야만 한다. 어느 곳에 머물러 있든지 내가 주인이라는 마음으로 주인의식을 발휘할 때 빛나는 미래를 기대할 수 있다.
아들아! 군대라는 무대에서 주인공이 되어라!

5
⋮
지금 당장
소통하라

102보충대 카페를 하루 종일 들락거리는 게 요즘 엄마의 중요한 일상이 되었구나. 아들을 낯선 곳에 보내놓고 허전하고 걱정스런 마음을 담은 부모들의 글이 잇달아 올라오곤 하는데, 어느 훈련병 아버지의 익살스런 글에 아침부터 웃음보를 터트렸단다.

'아들! 너 없으니 쌀에서 밀가루로 바뀌었다. 오늘도 만둣국 먹었다!'

너를 만날 수 있는 유일한 통로인 카페에서 엄마는 눈물을 흘리다가도 나만 자식을 군대보낸 게 아니라는 위안도 받는단다. 저녁 무렵에 처음으로 사진이 올라오기 시작하는데, 아무리 찾아도 네 얼굴이 안 보인다. 클릭하는 손가락이 후들거리고, 심장이 쿵!쿵! 소리를 낸다.

드디어 찾았다! '아! 내 아들!' 아빠는 고개를 갸웃거린다. "아빠가 아들도 못 알아보는 거야? 이 큰 귀 좀 봐. 아들 맞잖아!" 라고 버럭 소리를 질렀다. 사진을 캡처해서 누나에게 보냈다. 며칠 사이에 까맣게 타고 바짝 마른 너를 보며 안타까워하고 있을 때 문자알림이 뜬다.

"엄마! 이름표 확인했어요? 엄마 아들 아니에요."

"무슨 소리! 내 아들 맞거든."

"어쩌냐! 울 엄마…!" 하는 알림과 함께 아! 꿈에도 그리던 네 얼굴이 나타났다. 정훈장교님이 마지막 사진을 올리고 있는 도중에 엄마는 너를 찾느라 부산을 떨었구나. 세상에 어미가 아들을 몰라보다니! 고생하고 있는 너에게 미안한 마음이 들어 부질없는 눈물이 쏟아졌다.

잠시 내 아들이었던 이름 모를 훈련병도, 진짜 내 아들도 편안한 밤 보내길! 그대들 덕분에 부모 형제는 이 밤, 단잠을 이룰 수 있겠구나.

투자의 귀재 워런 버핏이 "사람들이 가장 잘하는 것은 기존의 견해들이 온전하게 유지되도록 새로운 정보를 걸러내는 일이다"라고 말한 것처럼 사람들은 자신의 판단과 일치하는 의견이나 정보만 받아들이려는 경향이 있다. 기존의 지식과 모순되는 새로운 정보들은 받아들이지 않고 걸러낸다. 이러한 현상을 심리학 용어로 '확증편향(Confirmation bias)'이라고 한다.

일반적으로 인간은 자신의 생각을 지지해주거나 옹호해주는 사람을 선호하고, 자신의 주장에 반대하거나 비판하는 사람을 불쾌하게 생각하는 경향이 있다. 이런 사람일수록 자신의 의견만을 고집하고 타인의 의견을 무시하는 독단에 빠지기가 쉽다.

우리는 항상 자신의 생각이 옳은 것인지 의심을 해야 한다. 자가 검증을 통해서 내 주장이 틀릴 수도 있다는 것을 인정하는 자세를 길러야 한다.

진화론의 창시자 찰스 다윈은 이러한 확증편향을 피하려고 노력했던 인물이다. 사람의 뇌는 새로운 정보가 입력되고 30분이 지나면 서서히 기억에서 잊혀져간다는 사실을 알고 있었던 그는 항상 수첩을 들고 다니면서 자신의 이론과 반대되는 결과들을 30분 이내에 기록했다. 다윈은 자신의 이론이 옳다고 확신할수록 그것과 모순되는 것들을 찾으려고 애를 썼던 것이다.

도덕경에 '성인무상심(聖人無常心)'이라는 구절이 나온다. 성인은 상심(常心)이 없어야 한다는 말이다. 상심은 고정된 마음, 변하지 않는 자신만의 아집을 뜻한다. 다른 사람의 말을 귀담아 들으려 하지 않고 자신의 생각만 옳다고 주장하는 사람은 필경 외톨이가 될 것이다. 만일 힘 있는 사람이라면 그 주위에는 앞에서만 복종하는 예스맨들이 가득할 것이다. 자신만의 세계에 완전히 빠져서 바깥 풍경을 들여다볼 생각조차 하지 않는 것은 어리석은 일이다. 상대방의 말에 귀를 기울여야 한다. 마음 속에 담을 쌓아놓지 말고 열린 마음으로 상대의 말을 들어야 하다.

《한비자》〈대체〉편에 "큰 산은 흙과 돌의 좋고 나쁨을 가리지 않고 받아들이기 때문에(太山不立好惡) 그토록 높이 솟아 올라 있는 것이고(故能成其高), 바다는 작은 시냇물도 얼마든지 받아들이기 때문에(江海不擇小助) 저토록 넉넉한 것이다(故能成其富)"라는 말이 나온다. 이 말 역시 세상에 존재하는 다양한 사물과 생각을 한눈으로 치우쳐 보지 말고 균형 잡힌 눈으로 바라보아야 함을 가르치고 있다.

타인을 포용하고 소통하려는 노력은 결국 자신을 성장시킬 수 있는 자양분이 될 것이다. 편견과 고집으로 뻣뻣해진 나만의 생각을 다른 사람에게 강요하는 것은 원만한 인간관계의 걸림돌이 될 뿐만 아니라 그로 인해 나에게 다가오는 기회를 놓칠 수도 있다. 마음의 빗장을 열고 넉넉하고 진정성 있는 마음으로 타인의 의견을 받아들이고 소통하려는 노력이야말로 시대가 요구하는 정신일 것이다.

일생 동안 문밖에서 기다리기만 하다 죽은 사람이 있었다. 그는 평생 문밖에서 서성거리기만 했다. 죽음을 앞두고 비로소 억울한 생각이 들어 문지기에게 안으로 들어가지 못하게 문을 지키는 이유가 무엇이냐고 따져 물었다. 문지기는 "이 문은 당신의 문입니다. 당신이 말하면 열어드리려고 여기에 있었습니다"라고 말했다.

문지기에게 문을 열어달라고 부탁을 했거나 열어보려고 노력을 했더라면 벌써 그 문 안으로 들어갔을 텐데, 저절로 문이 열리기만을 바랐기 때문에 문 안으로 들어갈 수가 없었던 것이다. 다른 사람들과 소통하기를 원한다면 내가 먼저 상대방의 마음의 문을 두드려야 한다. 상대방이 먼저 오길 기다리지 말고 내가 먼저 가서 무슨 일이든 해야 한다.

김정필의 《군대생활 매뉴얼》을 보면 한때 자신의 처지를 비관하여 자살을 기도했던 한 병사가 부대 지휘관과의 소통을 통해서 어려운 처지를 극복한 이야기가 나온다.

황민영 이병의 아버지는 알코올 중독자였다. 아버지의 잦은 폭력으로 어머니는 가출했고, 사춘기에 접어든 여동생은 오빠가 입대하기 직전에 소식이 끊긴 상태였다. 그는 더이상 버틸 힘도, 살아갈 목적도 없는 상태에서 군에 입대했다. 아무 희망 없이 하루하루를 보내다 자신의 처지를 비관하여 자살을 기도하기도 했다.

그러던 중 대대 주임원사인 박영배 원사를 만났다. 박 원사는 낙심하고 지친 황 이병에게 위로와 격려를 아끼지 않으며 군생활을 하는 동안 아버지가 되어주겠다고 약속했다. 황 이병에게 주임원사의 약속은 큰 힘이 되었고, 어려움이 있을 때마다 자신의 속마음을 털어놓았다. 황 이병은 가출한 동생을 찾아줄 것을 주임원사에게 부탁했다. 박 원사는 헌병, 지역 내 경찰과 끈질기게 노력한 끝에 유흥업소에서 종업원으로 일하고 있던 동생을 찾았다. 집으로 돌아온 동생은 대대장을 비롯한 여러 간부들의 도움을 받아, 한 대대원의 아버지가 운영하는 회사에 취직하여 아버지를 돌볼 수 있었다.

만약 황민영 이병이 자신의 어려운 처지를 알리지 않은 채로 계속해서 끙끙 앓기만 했다면 어떻게 됐을까? 가족들 걱정에 사로잡혀 군대생활을 즐겁고 보람되게 할 수 없었을 것이며, 너무 걱정이 된 나머지 또다시 잘못된 선택을 할 수도 있었을 것이다. 혼자 해결할 수 없는 고민거리가 생기면 끙끙거리지 말고 선임병들이나 간부들에게 적극적으로 고민을 호소해야 한다. 말하지 않으면 알 수 없지만, 알고 난 후에는 박영배 원사처럼 적극적으로 도울 것이다.

이제 막 군생활을 시작하기 때문에 여러 가지 감당하기 어려운 문제가 생길 수 있다. 혼자 고민하지 말고 적극적으로 의사소통을 해야 한다. 《군대생활 매뉴얼》에는 군에서 의사소통하는 방법을 다음과 같이 자세하게 소개하고 있다. 꼭 숙지해야 할 내용이다.

고민이 있으면 먼저 분대장에게 자신의 문제를 솔직하게 털어놓아라. 같은 병사인 분대장은 어느 누구보다도 쉽게 다가갈 수 있는 대상이다. 분대장은 정기적으로 소대장, 중대장과 회의를 하기 때문에 쉽게 이등병의 애로사항을 대변할 수 있는 위치에 있다. 만약 분대장과 상의를 했는데도 적절한 조치를 받지 못했을 때에는 소대장, 중대장, 대대장, 행정보급관, 주임원사 등의 상급자와 직접 접촉해도 무방하다. 흔히 지휘계통을 뛰어넘어 상급지휘관 혹은 참모들과 직접 접촉해서는 안 되는 것으로 잘못 알고 있는 경우가 많다. 병영생활 중에 생기는 개인의 고민과 애로사항은 단계적인 절차를 거치지 않고도 얼마든지 이야기할 수 있다. 안전사고 예방을 위해 지휘관들은 오히려 이를 적극 권장한다.

식구(食口)는 같은 집에서 살며 끼니를 함께 하는 사람을 말한다. 앞으로 2년 동안 부대에서 만나는 모든 사람들은 한솥밥을 먹는 너의 식구다. 지휘관들이 엄마 아빠고, 병사들은 형제나 마찬가지다.

네가 군대에 있는 동안 엄마 아빠는 너를 위해서 직접적으로 해줄 수 있는 일이 없다. 아프면 아프다고 힘들면 힘들다고 그들에게 말해야 한다. 먼저 다가가서 누군가에게 손을 내밀기도 하고, 누군가의 손을 붙잡아주기도 하면서 밥알처럼 끈끈한 정을 나누어야 한다. 열린 마음으로 소통하는 군인이 되어라!

6
::
좋은 습관은
성공의 도구다

네가 보낸 소포를 받았다. 문득 수십 년 전 일이 생생하게 떠오른다. 네 큰외삼촌이 논산훈련소에 입소한 며칠 후에 소포가 왔다. 우체부 아저씨로부터 커다란 꾸러미를 받고 외삼촌 이름을 확인하자 불안감이 엄습해왔다. 당시엔 외삼촌이 엄마가 아는 최초이자 유일한 군인이었으니까. 그 안에는 훈련소 들어가던 날 입고 갔던 옷가지와 신발이 들어 있었다. 그것을 보며 다시는 외삼촌을 못 볼 것처럼 외할머니랑 통곡을 했던 기억이 새삼스럽구나.

오늘은 당황하지 않고 조심스러운 손길로 소포를 풀었다. 나도 모르게 "와~" 하는 경탄의 소리가 나왔다. 군인의 생명은 '각'이라고 하더니 정말 내 아들 솜씨가 맞나, 의심이 들 정도였다. 이럴 때 엄마들의 생각은 두 갈래로 나뉜다고 하더구나. 어떤 엄마들은 '이렇게 빡세게 군기를 잡는단 말이야? 또 어떤 엄마들은 '이렇게 각 잡을 정도의 여유가 있다면 군대가 생각했던 것만큼 나쁘지 않겠구나!'라고. 엄마는 다분히 고의적으로 후자를 선택하기로 했다.

군대 가면 침낭, 모포, 관물대 등이 조금만 흐트러져도 선임이나 간부들의 숱한 갈굼과 지적을 당한다고 해서 걱정을 많이 했다. 사실 네가 정리정돈에 젬병이잖니? 그런데 소포를 보니 그런 걱정이 눈녹듯 사라졌단다. 이 정도면 정리의 달인이 돼서 전역을 할 것 같다.

'깨진 유리창의 법칙'이라는 말이 있다. 깨진 유리창 하나를 방치하면 그 지점을 중심으로 범죄가 확산되기 시작한다는 이론으로, 사소한 무질서를 방치하면 큰 문제로 이어질 가능성이 높다는 의미를 담고 있다.

1969년, 스탠포드 대학의 심리학자 필립 짐바르도는 매우 흥미로운 실험을 했다. 그는 상태가 동일한 자동차 두 대를 보닛을 열어둔 채로 일주일 동안 거리에 방치해두었다. 한 대는 보닛만 열어놓고, 다른 한 대는 고의적으로 창문을 깬 상태로 두었다. 실험 결과, 보닛만 열어놓은 차는 거의 변화가 없었다. 반면 창문이 깨져 있던 차는 10분 만에 타이어와 배터리가 없어지고 일주일 후 완전히 파손되고 말았다.

정리정돈을 못하는 습관쯤이야 대수롭지 않게 여길 수 있지만, 그러한 습관은 결국 게으름에서 나온 것이다. 게으르고 나태한 습관은 우리 인생을 송두리째 바꿀 수도 있다. 너의 일상에 깨진 유리창이 있다면 당장 치워버려야 한다. 생각해보니 모든 일과가 철저하게 계획적이고 규칙적으로 짜여 있는 군대만큼 좋은 습관을 형성하기에 안성맞춤인 곳도 없는 것 같다. 군생활을 하는 동안 헝클어진 행동과 마음을 새롭게 갈무리할 수 있도록 해라.

'습관(習慣)'은 오랫동안 되풀이하여 몸에 익은 채로 굳어진 개인적 행동을 말한다. '세살 버릇 여든까지 간다'는 속담처럼 한번 형성된 습관은 좀처럼 고치기가 쉽지 않고, 우리가 상상하는 이상으로 강한 힘을 갖게 된다.

2500여년 전, 그리스의 철학자 아리스토텔레스는 "탁월한 사람이라서 바르게 행동하는 것이 아니다. 올바르게 행동했기 때문에 탁월한 사람이 되는 것이다. 자신의 모습은 습관이 만든다"라고 말했다. 우리와 동시대를 살고 있는 빌 게이츠 역시 습관의 소중함을 이렇게 말하고 있다. "인생과 비즈니스의 경쟁에서 이기는 가장 큰 무기는 좋은 습관이다."

매일매일 행하는 크고 작은 습관들이 우리 삶의 성패를 좌우한다. 게임 중독, 도박, 성적 타락, 게으름, 남을 속이는 버릇, 목표 없는 삶에 익숙한 태도 등은 삶의 질을 떨어뜨릴 수밖에 없다. 반면 좋은 습관은 성공을 끌어당기고 기적을 부른다. 나쁜 습관은 없애고 좋은 습관을 형성하기 위해 적극적으로 노력해야 한다. 이미 형성된 습관을 하루 아침에 바꾸는 게 말처럼 쉬운 일은 아니지만 고통을 감내하고서라도 좋은 습관을 들이려고 노력해야 한다.

•

습관의 뿌리는 우리 몸 안에 굵고 단단하게 박혀 있어 뽑아내기가 쉽지 않다. 율곡 이이 선생은《격몽요결》에서 '옛날 습관을 혁파하라! 한칼에 나의 못된 뿌리를 끊어버려라!(혁구습일도결단근주 革舊習一刀決斷根株)'라고 강조했다. 잘못된 습관은 다음으로 미루지 말고 바로 없애야 한다는 뜻이다.

대부분의 사람들은 뭔가를 시작하려고 할 때 '오늘까지만! 그리고 내일부터 정말로 제대로 해야지' 하는 생각을 한다. 내일로 미루는 습관은 오늘의 달콤함을 포기하지 못하기 때문이다. 좋지 않은 습관이라고 판단되면 당장 내 안에서 잘라내는 노력을 해야 한다. 야명조처럼 '내일, 내일' 하다가는 평생 후회하며 살 수밖에 없다.

야명조(夜鳴鳥)는 북극 가까이에 살고 있는 새로, 이름 그대로 밤에 우는 새다. 햇살이 비치는 낮에는 즐거움을 찾아 이리저리 날아다니다가 해가 기울어 추위가 몰아치면 목에 피가 맺히도록 울며 부르짖는다.

"내일은 집을 지을테야. 해가 있을 때 꼭 집을 지을테야."

아침이 되면 지난 밤의 추위를 까맣게 잊는다. 고통스런 긴 밤과 쾌락의 짧은 낮을 반복하면서 야명조는 초라하게 늙어간다.

좋은 습관을 형성하는 데도 노력이 필요하다. 영국 런던대학교의 필리파 제인 랠리 교수는 실험을 통해, 습관이 형성되는데 걸리는 시간을 조사했다. 실험에 참가한 사람들은 몇 가지 행동을 반복하며 그것을 습관으로 만들었다. 정해진 행동을 하지 않을 때 불편함을 느낄 경우 습관이 형성된 것으로 판단했다. 실험 결과, 습관을 바꾸는 데 평균 66일이 걸리는 것으로 나타났다. 무슨 일이든지 뇌가 더이상 신경쓰지 않고도 그 일을 자동적으로 해낼 수 있으려면 최소 66일 동안 하루도 빠트리지 않고 계속할 수 있어야 한다는 것이다. 성공과 행복의 자양분이 되는 좋은 습관이 내 것이 된다는데 66일 아니 그 이상의 시간과 공을 들여도 아까울 것이 없지 않은가!

브라이언 트레이시는 《백만불짜리 습관》에서 "성공하는 사람은 성공하는 습관을, 실패하는 사람은 실패하는 습관을 가지고 있지만 다행스럽게도 습관은 연습과 반복을 통해 학습할 수 있다"고 역설하고 있다. 그는 반복과 연습이라는 학습과정을 통해 좋은 습관을 습득하여 성공한 예로 조지 워싱턴과 벤자민 프랭클린을 꼽는다.

미국 초대 대통령이자 미국인들에게 '국부'로 불리는 조지 워싱턴. 그는 보잘 것 없는 중산층 출신이었지만 10대소년 시절부터 성공을 꿈꿨다. 조지 워싱턴은 10대에 이미 《The Rules of Civility and Decent Behavior in Company and Conversation(사교와 대화를 할 때 예의바르고 품위 있게 행동하는 법칙)》이라는 책에 나오는 110개 법칙을 자신의 노트에 그대로 옮겨 적었다. 그리고 이 법칙을 평생 반복하여 습관으로 형성했다.

조지 워싱턴과 동시대를 살았던 미국 최초의 백만장자 벤자민 프랭클린은 거칠고 자기 주장이 강한 자신의 태도와 행동이 주위 사람들과 동료들에게 적대감을 불러일으킨다는 사실을 알아챘다. 그러한 성품을 고치기 위해 그는 이상적인 사람이 가져야 한다고 생각하는 12가지 미덕을 자신의 습관으로 형성하기 위해 많은 시간을 할애했다.

수백 년의 세월이 흐른 지금까지 회자되는 조지 워싱턴이나 벤자민 프랭클린이라고 해서 훌륭한 자질을 선천적으로 타고난 것은 아니었다. 그들은 원하는 사람이 되기 위해 필요한 행동을 스스로 학습한 것이다. 그러한 노력이 조지 워싱턴을 역사학자들에게 가장 훌륭한 미국 대통령으로 평가받을 수 있게 했고, 벤자민 프랭클린을 대중이 가장 호감을 느끼는 당대의 대표적인 정치가로 만들었다.

《나는 세상의 모든 것을 군대에서 배웠다》의 공동 저자인 정욱진은 "군대는 개선하고 싶은 성격상 결함이나 나쁜 습성을 가지고 있는 사람에게 절호의 기회를 제공해준다"라고 말한다.

낯을 가리고 새로운 사람들과 쉽게 친해지지 못하는 내성적인 성격을 지니고 있었던 그는 한 선임병으로부터 다음과 같은 조언을 듣고 소심한 성격을 고치려고 마음을 먹었다고 한다.

"군생활을 한 편의 연극이라고 생각해봐. 지금은 네가 이등병이지만 금세 상병도 되고 병장도 될 거야. 지금은 고참들이 뭘 시키든 적극적으로 임하는 모습을 보여야 하고, 나중에 병장이 되면 밑에 애들한테 당당하게 이것저것 지시를 내려야 돼. 그때그때마다 마치

주어진 배역에 맞게 변신하는 배우가 된 것처럼 네 위치에 맞게 연기를 한다고 생각해봐."

선임병의 조언을 들은 뒤로 그는 매사에 적극적으로 나서고 누구에게든 먼저 다가가 말을 걸었다. 그런 노력 덕분에 그는 선임병들과 동료들 사이에서 인기있는 병사가 되었다.

하루 일과가 철저하게 계획되고 일과표를 준수해야 하는 군대야말로 좋은 습관을 길들이기에 최적의 장소라고 생각한다. "누구도 과거로 돌아가서 새롭게 시작할 수는 없지만, 지금부터 시작해서 새로운 결말을 맺을 수는 있다"라는 말도 있는 것처럼, 군입대가 네게 필요한 습관을 형성하는데 좋은 계기가 될 수 있다. 군대라는 환경을 이용해서 너의 '깨진 유리창'을 말끔하게 치워 버리도록 해라.

7
:
국민MC에게
배우다

국민MC 유재석을 배신하고 〈진짜사나이〉로 갈아탔다. 화면 가득 새하얀 설원이 펼쳐지고 그 위에서 6박 7일간의 휴가증이 걸린 경기가 진행되고 있더구나. 상의를 탈의한 채 눈밭을 뒹굴며 지칠 대로 지쳐 끝내는 정신력만으로 눈물겨운 사투를 벌이고 있다. 양팀 모두에게 포기할 수 없는 경기인 게지!

화면 안에서는 끊임없이 웃음소리가 터져나오고 있지만, 엄마 눈에는 예능이 아니라 한 편의 다큐멘터리일 뿐이야. 보는 내내 눈물을 주룩주룩 흘리고야 말았구나.

프로그램 말미에는 갓 전입온 이등병이 가족과 영상통화를 하는 장면이 나오는데, 군기가 바짝 든 모습으로 고향에 계신 부모님에게 안부를 전하는 이등병! 잘 있으니 걱정하지 말라는 말과는 달리 그의 눈썹 끝에 이슬이 맺혔다. 훈련소 입소한 지 일주일도 안 된 너를 생각하니 그 병사가 달고 있는 '작대기 한 개'가 한없이 크게 보이더구나. 그 자리까지 가려면 얼마나 힘들고 고통스러운 과정을 겪어야 할지 생각만 해도 마음이 저릿저릿하다.

이야기가 나온 김에 국민MC 유재석을 통해 그의 초심을 잃지 않는 마음과 타인에 대한 배려심을 배워보도록 하자. 많은 이들로부터 '유느님'이라 불리는 유재석은 각종 설문조사에서 독보적인 1위를 차지하고 있다.

　온라인 쇼핑몰 11번가에서 고객 3,562명을 대상으로 '대통령으로 선출하고 싶은 연예인'에 대한 설문조사를 실시한 결과, 유재석이 48.3%의 득표율로 1위를 차지했다.(2012년) 디지털 그림 전문사이트 '꽃보다 그림'이 20~30대 직장인 387명을 대상으로 한 설문조사(2012년)에서는 함께 동업하고 싶은 연예인 1위로 40.8%의 지지를 얻기도 했다. 2010년 영화 〈부당거래〉 개봉을 앞두고 '어떠한 유혹에도 부당거래를 하지 않을 것 같은 스타'를 주제로 설문조사를 진행했을 때에도 35.9%의 높은 지지율로 1위에 등극했다.

　이런 설문조사 결과는 유재석의 성실성, 인간성, 리더십 등이 입증되는 결과라 하겠다. 부침이 심한 연예계에서 지속적으로 승승

장구하면서 대중들의 사랑을 한몸에 받는다는 것은 쉬운 일이 아니다. 사람들은 그의 성공비결로 좌절하지 않는 끊임없는 노력, 몸에 배인 성실함, 자신을 낮추고 상대방을 치켜세우는 겸손과 배려 등을 꼽는다.

대중문화평론가 박지종은 유재석이 안티가 없는 연예인이라는 점, 맡은 방송이 모두 장기적인 성공을 거뒀다는 점, 유재석과 함께한 연예인들이 하나둘씩 성공하는 점들을 주의깊게 살피던 중, 그에게 배울 점들이 많다는 것을 느끼고 그에 대한 글을 쓰기로 결심했다고 한다. 그의 책《유재석 배우기》에서 그는 유재석을 '자기 일도 매우 잘 하는데, 심지어는 같이 일하는 동료, 그리고 외부 사람들이 모두 최고라고 생각하고 인정하는 안티 없는 연예인'이라고 정의한다.

모두가 칭송하고 롤모델로 삼기를 원하는 사람으로 우뚝 섰음에도 불구하고 유재석은 여전히 솔선수범하고 여전히 겸손하다. 그가 이루어놓은 성취를 놓고 볼 때 어깨에 힘이 들어가고 으스댈 만도 하다. 좀 인기가 있다 싶으면 건방져지고 안하무인이 되기 십상인데 최고의 위치에 올라 있으면서도 한결같은 이유가 궁금했다. 유재석의 다음 인터뷰에 정답이 있었다.

"하루하루 맡겨진 일을 하기에도 바빴고, 개인기도 없고 울렁증에 콤플렉스도 많았기에 하루하루 열심히 살았다. 방송이 잘 안 되고 하는 일마다 어긋날 때 간절히 기도를 했다. '개그맨으로 한 번만 기회를 주면 나중에 소원이 이뤄졌을 때, 초심을 잃고, 만약에 이 모든 것을 혼자 이룬 것이라고 단 한번이라도 생각한다면, 이 세상에서 그 누구보다 큰 아픔을 받더라도 가혹하다고 원망하지 않겠다.'

지금은 정상의 자리에 있지만, 언제나 그 자리에 있을 수 없기에, 언젠가는 누군가에게 이 자리를 넘겨줘야 한다는 마음의 준비를 하고 있다. 그래서 매주 한순간 한순간 최선을 다할 수밖에 없다. 그런 마음으로 하루하루를 살고 있다."

초심을 잃지 않는 마음! 이것이 유재석이 1인자의 자리에 있으면서도 모든 일에 앞장서고 자신을 낮추는 이유다. 인기에 취하다 보면 자신이 대단한 것처럼 착각하고 남들을 무시하는 사람들이 있다. 그런데 그는 자신을 낮추고 끊임없이 자신의 재능을 더 발전시키기 위한 노력을 한다. 현재의 위치를 지키기 위해 끊임없이 스스로를 채찍질한다. 스스로를 대단한 존재로 여기고 충분히 거만해질 수 있는 위치에 올랐으면서도 스스로를 낮춤으로써 더 높은 존재로 거듭날 수 있었던 이유다. 권위를 지닌 사람이 겸손할 때 그를 향한 존중은 더 커지게 마련이다.

어느 날 랍비가 회의를 열었다. 랍비가 초대한 사람은 여섯 명이었는데 참석자는 일곱 명이었다. 랍비가 말했다.
"초대받지 않은 사람은 여기서 나가주세요."
그러자 일곱 사람 중에 가장 유명하고 모두가 좋아하는 사람이 자리에서 일어났다. 누가 봐도 그는 초대받은 사람이었는데 왜 회의장을 떠났을까?

그는 초대를 받았지만, 초대받지 않은 사람의 자존심을 보호해주려고 스스로 자리를 떠난 것이다.

탈무드에 나오는 이야기다. 자신보다 다른 사람의 입장을 먼저 생각하고, 상대방이 혹시라도 난처한 상황에 처하지 않도록 노력하는 모습은 아름답다. 이것은 배려하는 성품에서 나오는 지혜다.

많은 진행자들이 더 많은 웃음을 유발하기 위해 상대방을 깎아내리거나 도를 넘는 막말을 하기도 한다. 유재석은 상대방을 배려하는 진행으로 유명하다. 그가 진행하는 프로그램에 출연한 게스트들 중 많은 사람들이 훗날 그의 따뜻하고 상대를 배려하는 진행 덕분에 마음 편하게 방송을 마쳤다고 회상한다. 상대방의 재능을 찾아주기 위해서는 자신이 망가지는 것도 마다하지 않는 그의 진행방식 덕분에 예능 프로그램에 처음 출연한 연예인들이 그것을 계기로 스타가 되는 경우도 허다하다.

그는 길거리에서 우연히 마주친 사람들에게도 소홀함이 없다. 바쁜 와중에도 지나가는 사람들을 향해 모자를 벗고 깍듯이 인사를 한다. 혹시라도 그들에게 피해가 가지 않도록 각별하게 신경을 쓰기도 한다. 녹화중 단 몇초로 지나가버리는 그의 '착한 손'은 대중들의 눈에 발견되어 종종 인터넷을 달구기도 한다.

이런 유재석도 처음부터 선택받은 사람은 아니었다. 누구보다 힘든 20대를 보냈다. 그는 1991년 KBS 대학개그제를 통해 데뷔를 했다. 지독한 카메라 울렁증 때문에 열정적으로 준비했던 첫 방송에서 실수를 하고 10년 넘게 무명의 세월을 보내야 했다.

치열하고 고된 삶도 나이들어 잔잔해진 눈으로 보면 아련해지고, 같은 길을 걸어야 할 사람들에게 들려줄 특별한 말이 있는 법이다. 그런데 그 주체가 유재석이라면 우리가 느끼는 감동은 더욱 커지리라 생각한다.

다음은 〈무한도전〉에서 기획했던 서해안가요제에서 그가 직접 가사를 쓰고 노래 불렀던 '말하는대로'이다. 국민MC에게도 힘들고 초라한 '어제'가 있었다는 것을 공감했으면 좋겠다 싶어 전문을 그대로 옮겨볼까 한다. 그의 노력과 열정이 빚어놓은 성공의 무대에서 뒤돌아본 20대의 이야기를 들어보렴.

나 스무살 적에 하루를 견디고 불안한 잠자리에 누울 때면/내일 뭐하지, 내일 뭐하지 걱정을 했지/두 눈을 감아도 통 잠은 안오고 가슴은 아프도록 답답할 때/난 왜 안 되지, 왜 난 안 되지 되뇌었지/말하는대로 말하는대로 될 수 있다고 믿지 않았지 믿을 수 없었지/마음먹은대로 생각한대로 할 수 있단 건 거짓말 같았지 고개를 저었지/그러던 어느날 내 맘에 찾아온 작지만 놀라운 깨달음이/내일 뭘 할지 내일 뭘 할지 꿈꾸게 했지/사실은 한번도 미친 듯 그렇게 달려든 적이 없었다는 것을 생각해봤지/일으켜 세웠지 내 자신을/말하는대로 말하는대로 될 수 있단 걸 눈으로 본 순간 믿어보기로 했지/마음먹은대로 생각한대로 할 수 있단 걸 알게 된 순간 고갤 끄덕였지/마음먹은대로 생각한대로 말하는대로 될 수 있단 걸/알지 못했지 그땐 몰랐지/이젠 올 수도 없고 갈 수도 없는 힘들었던 나의 시절 나의 20대/멈추지 말고 쓰러지지 말고 앞만 보고 달려 너의 길을 가/주변에서 하는 수많은 이야기 그러나 정말 들어야 하는 건/내 마음 속 작은 이야기 지금 바로 내 마음 속에서/말하는대로 말하는대로 말하는대로/될 수 있다고 될 수 있다고 그대 믿는다면/맘먹은대로 생각한대로/도전은 무한히 인생은 영원히/말하는대로 말하는대로 말하는대로

미국의 경영컨설턴트 짐 콜린스는 "성공이란 세월이 갈수록 주변 사람들이 자신을 점점 좋아하게 되는 것"이라고 말했다. 유재석의 초심을 잃지 않는 겸손함과 상대방을 배려하는 행동에서 세상 사는 지혜를 배우는 팬으로서 그가 대중들로부터 더욱 더 많은 사랑을 받기를 소망한다.

사랑하는 아들이 그 자리에 있다는 것만으로도 누군가에게 힘이 되고 위안이 되는 사람이 되길 소망한다.

8

⋮

내 아들이
1000원?

차일피일 미루던 핸드폰 군정지 신청을 하려고 주민센터에 갔단다. 입대 확인 서류가 필요하다는구나. 담당자가 건네주는 서류를 받고 얼마냐고 물었더니 공짜란다. 의아해 하는 엄마에게 담당자는 서류 발급 비용은 천원인데 군인이라서 면제받는다고 설명을 해주는구나. 내 아들은 국가에 담보로 잡혀 개고생을 하고 있는데 여전히 잘 돌아가는 세상이 야속하기 짝이 없었는데, 고작 천원이 엄마를 위로한다. 그러다 이내 '내 아들이 고작 천원의 가치인가?' 하고 분노지수가 올라가려는 찰나, "걱정 많으시죠? 아드님 잘하고 있을 겁니다"라고 말해주는 담당자의 한마디에 눈시울이 뜨거워지고 말았단다.

요즘 딸만 가진 엄마 친구들이 "군대 보낼 아들이 있어서 부러워"라는 말을 하곤 해. 그녀들이 할 수 있는 최고의 위로일거야. 그녀들이, 군인아들이 생긴 지 일주일도 안 됐는데 벌써 군 전역일 계산기를 클릭하고 있는 심정을 이해할까?

초등학교 입학식날, 선생님 뒤를 올망졸망 따라가는 너희를 지켜보던 엄마들이 "우리 아이들은 대학 가기도 지금보다 훨씬 쉽고, 어쩌면 군대도 안 갈 거야!"라며 수다를 떨었던 기억이 새롭다. 그것은 수다가 아니라 엄마들의 간절한 바람이었는데, 현실은 오히려 첩첩산중 오리무중이구나.

불행하게도 우리 조국 대한민국은 지구상에서 유일한 분단국가다. 서로 사랑해야 할 동족끼리 화해는커녕 나날이 미움의 골이 깊어지고 있는 상황에서 국방은 한시도 소홀히 할 수 없는 중대한 사안임이 틀림없다.

　아리스토텔레스는《정치학》에서 "인간은 본성적으로 국가공동체를 구성하는 동물이기 때문에 국가를 떠나서 존립할 수도 없고, 생각할 수도 없으며, 국가를 떠난 인간은 들짐승이거나 신이다"라고 말했다. 국가의 존재 없이는 개인의 어떠한 것도 보장될 수 없다는 대 학자의 말이 스무 살 어름의 눈부신 날들을 자신의 의지와 상관없이 몽땅 국가에 바치는 이유일 것이다.

　한국사회 주류라는 고위층이나 재벌들은 갖은 방법을 동원해 자식들을 병역의무의 대열에서 제외시켰다. 지금도 어디선가 횡포를 저지르는 '그들'이 있을지 모른다. 그러나 우리는 무소불위의 권력이 결국 올가미가 되는 경우를 여러 차례 지켜보았다.

대한민국 청년은 19세가 되면 징병검사를 받고, 신체검사에서 합격(1~4급)한 사람은 병역의무를 이행해야 한다. 군입대를 앞둔 청년들의 반응은 극과극으로 나뉜다고 한다. 하루라도 빨리 입대해 군 생활을 마치고 취업전선에 뛰어들 준비를 하려는 사람이 있는가 하면, 군대에 대한 두려움 때문에 거듭해서 입대를 연기하는 젊은이들도 많다고 한다.

군 당국은 청년들이 군입대를 두려워하는 이유로 가족과 떨어져 생활해야 하는 환경, 대인관계에 대한 부담, 사회와의 단절, 무기를 다루는 것에 대한 막연한 두려움 등을 꼽고 있다. 입영을 연기하다 24세 이후에 군에 입대하는 사람이 매년 수천 명이 넘으며, 병역을 기피하는 인원도 수백 명에 달한다고 한다.

병무청 관계자에 따르면, 고의로 교통사고를 내거나 붙이는 멀미약을 눈에 발라 동공장애를 위장하는 수법 등으로 병역을 기피하려는 청년들이 있는 반면, 시력을 교정해 전차부대에 입대하는 등 사실상 병역의무가 면제됐음에도 현역병으로 지원 입대하는 사람의 수도 매년 꾸준하게 늘어나고 있다고 한다.

《나는 세상의 모든 것을 군대에서 배웠다》에 나오는 장희준 군은 영주권을 가진 대부분의 이민 2·3세들이 군복무를 면제받기 위해 국적을 포기하는데 반해 훗날 자식에게 떳떳한 아버지가 되고 싶어서 군복무를 이행했다고 한다. 아르헨티나에서 태어나 자랐고 스물

여섯 살까지는 한국에 와본 적조차 없던 그였다. 막상 입대해서는 한참이나 어린 고참들의 지시를 따라야 했을 뿐 아니라, 외국에서만 생활해온 터라 비합리적으로 느껴지는 일들도 많아서 고생을 많이 했다고 한다. 그러나 대한민국 군인으로 국방의 의무를 수행하면서 조국을 더 사랑하게 되었고 자신의 존재 가치와 정체성을 확인할 수 있었다고 한다.

공병호 소장의《군대 간 아들에게》는 저자가 군인이 된 두 아들에게 아버지의 입장에서 군생활과 그 이후의 삶에 대해 진솔하고 냉철하게 당부하는 책이다. 그는 책에서 '인생에는 리허설이 없다' '군대라는 낯선 환경을 얼마든지 인생의 든든한 반석으로 활용할 수 있다'고 끊임없이 조언한다. 이 책은 군인이 아니더라도 네 또래의 젊은이들이 한번쯤 읽어야 할 책이라고 생각한다. 공병호 소장은 그 책에서 "안타깝게도 아직까지 우리 사회에서는 국민의 생명과 안전을 지키고 안보와 질서를 수호하는 '제복을 입은 사람(Men in Uniform)'들에 대한 존중과 존경이 높지 않은 실정이다. 이것은 국가라는 공동체의 미래를 위해서라도 반드시 고쳐져야 할 일이다"라고 강조한다.

군인, 경찰관, 소방관 등과 같이 국민의 생명과 재산을 보호하는 임무를 수행하는 사람들이 열악한 환경 속에서도 주어진 일에 최선을 다하고 있기 때문에 국가와 국민의 안위를 보장받을 수 있다. 그런데 우리 사회는 그들에 대한 책임과 의무만 강조할 뿐 권리를 보장해주는 일은 등한시하고 있다. 그들의 지위와 권위가 보장된 사회에서 책임을 이행하는 것이 고부가가치를 창출할 수 있음은 자명한 이치다.

군입대자들의 경력이 분절, 혹은 단절됨으로써 학업과 진로모색 등에서 일정한 불이익을 받는 것은 부정할 수 없는 현실이다. 언제까지나 신성한 의무라는 명분에만 매달려서는 안 된다. 상대적으로 불이익을 받는 사람들이 존재한다고 해서 군인에 대한 처우 개선을 손놓고 있어서는 안 된다.

군인도 국민이다. 대한민국에서 가장 충실하게 국가에 대한 의무를 이행하고 있는 국민이다. 군인을 보호할 의무는 국가에 있다. 국가도 이 의무를 충실하게 이행해야 한다.

국가보훈처에서 성인 남녀 1,000명을 대상으로 실시한 설문조사 결과를 보면, "의무복무 제대군인에 대한 가산점 제도를 찬성하느냐"라는 질문에 응답자의 83.5%가 찬성한 반면 16.5%는 반대했다. 이 중 남성의 찬성비율이 88.3%였고 여성 또한 78.8% 수준으로 나타났다. "가산점 외 다른 방식의 지원이 필요하다고 생각하느냐"라는 질문에 필요하다고 응답한 비율은 56.4%로 과반수 이상을 차지했다. 가산점 외 다른 방식 지원 내용으로는 학자금대부 지원, 복무기간 학점 인정, 취업정보 제공, 취업지원 등의 의견이 주로 제시되었다.

설문조사 결과대로라면 대다수 국민이 군입대자들에 대한 보상이 정당하다는 것을 인정하고 있다. 정부는 군인들을 위한 더욱 더 근본적이고 실효성 있는 해법을 찾으려 노력해야 한다.

군대에 다녀온 사회 각계각층 유명인사들의 경험을 수기 형식으로 쓴 《내 꿈은 군대에서 시작되었다》《성공하고 싶다면 군대에 가라》의 저자들 중 '괜히 군대에 갔다' '아까운 시간만 낭비했다'고 말하는 사람은 한 사람도 없다. 물론 지나고 난 일이니까 가능할 수 있다. 그렇지만 너에게도 그 시간은 온다. 그들의 이야기를 참조해서 네가 군에 가야 하는 이유, 군에서 보내는 시간도 소중한 이유에 대해 곰곰이 생각해보기 바란다.

남자들은 군대에서 미래를 준비하고 시작한다. 행군을 하며 두 가지 생각밖에는 들지 않았다. 하나는 지나온 과거의 여러 날들을 곱씹으며, 반성하고, 계획하는 것이다. 군대에서의 더딘 시간이 이것을 가능하게 해준다. 또 하나는 제대 후에 할 일들을 생각하는 것이다. 처음에는 막막하다가 제대가 가까워질수록 그것은 굉장히 구체적인 일이 되어 갔다.

(백가흠, 소설가)

나는 군복무 기간 동안 힘을 빼고 천천히, 나에게는 한계가 없음을 증명하고 연습했다. 그래서 군 생활 700여 일 동안 내 인생 70년을 바꿀 계획을 세웠다. 남들은 속된 말로 2년 동안 썩다가 나온다고 말하는 그 군생활이 내 인생에 있어서 제2의 도약기가 된 것이다.   (노광철, 김치독 CEO)

군생활은 얼핏 '손실뿐인 세월'처럼 느껴질지 모르지만 가장 확실한 '인생수업'이자 '위기극복수업'이라는 것을 훗날 깨닫게 된다. 대한민국에 태어나 국방의 의무를 다하는 것은 한국에서 당당하게 살아갈 자격을 갖는 것이다. 인생에서 적어도 몇 가지는 떳떳하게 자랑해야 하지 않겠는가. 내가 경험한 것 중에 가장 자랑스러운 한 가지로 나는 반드시 군 복무를 꼽는다.   (김홍신, 소설가)

나는 군생활 동안 바둑 공부를 계속할 수 없었지만 바둑알을 잡지 않고도 바둑에서 승리하는 데 있어 가장 중요한 요소 중 하나인 승부욕을 배웠다. 누구나 마찬가지라 생각한다. 지금 당장 하고 있는 공부, 하고 있는 일을 하지 못한다 해서 그에 대한 자신의 실력을 발전시킬 기회를 완전히 상실한 것은 아니다. 실력 배양은 때론 전혀 다른 방향에서 이뤄질 수 있기 때문이다.   (조훈현, 프로바둑 기사)

9
:
꿈은
엄마를
춤추게 한다

오랜만에 노트북을 열었더니 쓰다만 글들이 빼곡하구나. 며칠 동안 아무것도 할 수가 없었어. 너와의 약속을 지키기 위해 다시 책 쓰기에 집중하련다. 아르바이트를 해서 모은 돈으로 노트북을 선물하며 "2년 동안 제가 군대생활 하는 동안 엄마는 꼭 꿈을 이루도록 하세요" 하며 해바라기처럼 웃던 아들 얼굴이 그리운 밤이다.

인생 후반에는 작가가 되고 싶었지만, 오십이 넘은 나이에 새로운 세계에 발을 내딛는다는 두려움을 쉽게 떨쳐버릴 수가 없었구나. 나이, 형편 등등 핑계거리를 찾는 대신 지천명이라는 나이를 시작하기 좋은 나이라 규정했다. 누군가의 계산대로라면 인생 후반에 엄마에게 주어질 8만 시간을 신명나게 보내기 위한 프로젝트에 돌입했다.

매일 새벽 4시에 일어나서 책을 읽고, 평소 좋아했던 작가들의 글을 베끼기 시작했다. 당장은 아무것도 잡히는 게 없고 막연했지만 나이가 주는 편안함과 익숙함에 파묻히지 않고 꿈을 향해 나아가기 시작했다는 사실만으로도 하루하루가 즐거웠다.

엄마의 이런 노력들이 작은 성과로 나타났단다. 너에겐 아직 소식을 알리지 못했지만 엄마의 첫 저서《내 생애 꼭 해야 할 40가지》가 탄생했다. 꿈 친구들과 함께 쓴 공저이지만 작가의 길로 들어서는 교두보를 마련한 셈이야. 엄마가 쓴 책을 보면 "우리 엄마 최고!"라며 엄지손가락을 들어 보이며 함박웃음을 짓겠지? "작가님 나섰네요"라며 두 손으로 사각 프레임을 만들어 사진 찍는 흉내도 내주겠지?

어느 날, 미국 로스엔젤레스에 사는 열다섯 살 소년이 할머니와 숙모가 차를 마시며 나누는 이야기를 듣고 있었다. 할머니가 숙모에게 "내가 젊었을 때 그 일을 했더라면…" 하고 말씀하셨다. 소년은 이 말을 듣고 '나는 커서 할머니처럼 무엇을 했더라면… 하는 후회는 하지 말아야지'라고 생각했다.

　소년은 종이 위에 '꿈의 목록'이라고 제목을 쓰고, 그 아래에 평생 동안 하고 싶은 것, 가고 싶은 곳, 배우고 싶은 것 등을 하나씩 기록했다. 조금만 노력하면 할 수 있는 일부터 불가능해 보이는 것들까지 빠짐없이 기록하고 나니 장장 127개의 목록이 작성되었다. 거기에는 피아노로 베토벤의 〈월광소나타〉 쳐보기, 보이스카우트 가입하기, 셰익스피어의 작품 읽기 등 비교적 이루기 쉬운 꿈부터 에베레스트 등정, 세계일주, 해저탐험, 브리태니커 백과사전 전권 읽기, 달나라 여행, 범선으로 남태평양 항해하기, 아마존강 탐험 등 다양한 희망들이 포함되어 있었다.

1972년 미국의 〈라이프〉지는 '꿈을 이룬 사나이'라는 기사에 그의 이야기를 실었는데 이 사람이 바로 역사상 처음으로 카약 하나로 세계에서 가장 긴 나일강을 탐험한 존 고다드다. 그때까지 그는 127개의 꿈 가운데 103개를 이루었다. 그의 나이 47세였다. 꿈을 이룬 비결에 대해 그는 이렇게 말했다.

"목표를 분명하게 세우면 모든 에너지가 그곳으로 집중되어 결국엔 목표에 도달하게 되는 것이죠."

《딜버트》로 세계적으로 유명한 만화가가 된 스콧 애덤스! 그의 꿈은 신문에 만화를 연재하는 것이었다. 그는 "나는 신문에 만화를 연재하는 유명한 만화가가 될 것이다"라는 문장을 매일 열다섯 번씩 썼다. 많은 신문사로부터 계속 거절을 당했지만 결코 포기하지 않았다. 그러기를 수백 번, 드디어 한 신문사와 계약을 맺었다.

첫 번째 꿈을 이룬 애덤스는 다음 목표를 "나는 세계 최고의 만화가가 되겠다"로 바꿨다. 이 꿈 역시 하루도 빠지지 않고 열다섯 번씩 쓰기를 계속했다.

그의 두 번째 꿈은 이루어졌을까?《딜버트》는 세계 2천여 종의 신문에 연재되었고, 세계 어디를 가든 딜버트 캐릭터로 장식된 커피 잔, 컴퓨터 마우스 패드, 다이어리, 캘린더 등을 만날 수 있다.

이제 스콧 애덤스는 하루에 열다섯 번씩 이렇게 쓰고 있다.

"나는 퓰리처상을 받을 것이다."

이처럼 꿈을 이룬 많은 사람들의 공통점 중 하나는 자신의 꿈을 종이에 적고 끊임없이 그 꿈을 이룬 자신의 모습을 상상했다는 것이다. 성공학의 대가 브라이언 트레이시는 "분명하게 글로 쓴 목표를 가지고 있는 사람은 자신의 목표를 정확하게 글로 써볼 시간을 내지 못하는 사람들보다 5배에서 10배 정도 더 많은 것들을 성취한다"고 말한다.

우리 뇌에는 망상활성화시스템(RAS: Reticular Activating System)이란 게 있다. 이것은 감각기관으로 쏟아져 들어오는 수많은 정보들 중 중요한 것에만 관심을 집중시키고 기억할 수 있도록 해주는 관심집중장치다. 요즘 엄마 눈에 군인만 보이는 것도 아마 이것 때문일 것이다. 우리나라에 군인이 이렇게 많았나 싶을 정도다. 네가 군에 입대한 후로 엄마의 망상활성화시스템이 군인만 엄마 시야에 들어오게끔 이끈 것이다.

꼭 이루고 싶은 꿈을 종이에 적어보자. 확실하게, 그리고 구체적으로 써야 한다. 꿈을 적어 매일 보게 되면 우리의 두뇌는 그 꿈을 이루는데 도움이 될 만한 정보를 놓치지 않고 흡수할 것이다. 당연한 결과로 꿈을 이루기 위해 최선을 다해서 하루하루를 보낼 것이다. 꿈을 이루는 사람과 꿈을 이루지 못하는 사람의 차이는 단순하다. 때와 장소를 가리지 않고 꿈을 생각하는 사람은 꿈을 이루지만, 그렇지 않은 사람은 점점 꿈에서 멀어지게 되는 것이다.

엄마도 책상 정면에 꿈을 적은 종이를 붙여놓았다. 키보드를 두드리다 살짝 눈을 들면 보인다. 지갑에도 꿈을 적은 종이를 넣어두었고, 수첩 맨 첫 장에도 꿈과 목표를 적어놓았다. 처음에는 누가 볼까봐 혹시라도 비웃으면 어쩌나 싶어 적어두지 못하고 머릿속으로만 생각하려 애썼다. 그러나 문득문득 생각날 뿐이지 효과가 없었다. 꿈을 여기저기 적어 놓은 후로는 일상생활을 하면서 계속 접할 수 있기 때문에 꿈에 대해 잊을 때가 없다. "머릿속으로 자신이 바라는 것을 생생하게 그리면 온몸의 세포가 모두 그 목적을 달성하는 방향으로 조절된다"는 아리스토텔레스의 말처럼 엄마의 몸과 마음이 언제 어디서나 꿈에 집중하고 꿈을 이루기 위해 최선을 다하게 되는 것 같다.

아마존 베스트셀러 1위, 미국에서 최단기간에 500만 부를 돌파하고 오프라 윈프리 쇼의 홈페이지를 마비시켰던 론다 번의 저서《시크릿》에서 말하는 '끌어당김의 법칙'은 쉽게 말해 필요한 돈을 갖고 있는 자신의 모습, 회사를 세운 모습, 이상형과 결혼하는 모습, 자기 분야에서 최고가 되는 모습 등을 구체적으로 상상하면 현실이 된다는 것이다. '끌어당김의 법칙'을 비롯해서 '자기 암시' '이미 이루어진 것처럼 살아라' 등은 수많은 자기계발서에서 성공의 원리로 꼽고 있다.

우리 조상들도 덕담을 할 때 바라는 바를 구체적으로, 이미 확정된 사실처럼 표현했다고 한다. 조선시대 숙종이 고모인 숙휘공주에게 보낸 편지에는 "아주머니께서 새해 숙병이 다 쾌차하셨다 하니

기뻐하옵나이다"라고 쓰여 있다. 현종 비 명성왕후가 셋째 딸 명안 공주에게 보낸 편지에도 "새해부터는 무병장수하고 재채기 한번도 아니하고… 달음질하고 날래게 뛰어다니며 잘 지낸다 하니 헤아릴 수 없이 치하한다"고 했다.

엄마도 요즘 기도하는 방식을 바꾸었다. "우리 아들 건강하고 맡 은 바 책임을 다하며 군생활 잘하게 해주셔서 감사합니다" "작가의 꿈을 이루게 해주셔서 감사합니다" "새해에는 복많이 받으신다 하 니 축복드립니다."

정호승 시인은 군 복무 중에 신춘문예에 두 군데나 당선되는 기염 을 토했다. 그는 군생활을 하는 동안에도 열심히 시를 썼다고 한다. 함박눈 내리는 한밤중에 무기고 앞에서 보초를 서면서도, 페치카의 열기가 식어가는 내무반에서 불침번을 서면서도, 시를 생각했다고 한다.

성공한 사람들에게 시련과 역경은 꿈을 방해하는 걸림돌이 될 수 없다. 그들은 시련과 역경조차도 자신의 성장을 위한 발판으로 사 용한다. 언제 어디서든 꿈꾸는 것을 멈추지 않아야 한다. 군생활이 힘들고 시간이 나지 않더라도 꿈은 살아 움직여야 한다.

꿈을 종이 위에 적고, 그 꿈이 이루어진 것처럼 상상하라. 현실과 타협해서 주저앉지 마라. 독하고 치열하게 자신이 이루고자 하는 꿈을 물고 늘어져야 한다. 고된 훈련과 꽉 짜여진 일정으로 시간을 낼 수 없는데 꿈이 대수인가, 라는 생각이 들 때면《나는 세상의 모든 것을 군대에서 배웠다》의 저자들을 떠올려라! 그들은 '남들 다 가는' 군대에서 자기만의 기회를 찾아낸 사람들이다.

군대 월급으로 재테크를 시작한 사람, 군에서 여덟 개의 자격증을 취득한 사람, 독서일지까지 쓰며 100권의 책을 읽은 사람, 대학 입시에 실패하고 입대 했다가 제대 후 서울대에 입학한 사람, 100kg이 넘는 뚱보에서 몸짱으로 변신한 사람… 그들 모두는 '군대에서 뭘 할 수 있겠어?'라고 생각하기보다는 '군대에서도 뭐든 할 수 있다'는 태도로 군생활에 임했기 때문에 군대를 자기만의 기회를 찾는 무대로 이용할 수 있었다.

꿈을 이루기 위해 2년의 시간을 어떻게 활용할까를 끊임없이 고민하는 군인이 되어라!

10
:
클릭하지
말고
경험하라

102보충대에서 노도부대 훈련소로 옮겨간 후 처음으로 사진이 올라왔다. 군복에 총을 메고 표정도 완벽한 군인의 모습이구나. 너에 대한 깨알 정보라도 얻기 위해 여전히 카페를 방문하는 일이 엄마의 중요한 일과란다. 너를 만날 수 있는 유일한 통로인 인터넷이 이렇게 고마울 수가 없다.

컴퓨터 모니터와 스마트폰 액정에 온통 주의를 빼앗기고 있는 너희들을 보며 걱정과 불만이 이만저만 아니었는데 말이야. 오랜만에 가족끼리 모인 자리에서 초롱초롱한 눈 대신 정수리만 보여주면서 스마트폰에 빠져 있는 너희들을 보면 꿀밤을 한 대씩 먹여주고 싶을 때도 있었어.

궁금한 내용을 올린 부모들의 글에 빠르게 답변을 주시는 대대장님, 정훈장교님이 더할 나위 없이 고맙기만 하구나. 오늘도 한 훈련병 엄마가 '우리 애가 무릎과 허리가 아팠는데 지금 어떤지 걱정이네요'라고 글을 올렸는데 금세 정훈장교께서 '치료를 받고 있는 중'이라며 현재 상태와 앞으로 치료방법까지 자세하게 올려주셨더구나. 글을 올렸던 그 엄마는 얼마나 안심이 되고 고마울까? 이름만큼이나 마음씨, 얼굴도 예쁠 것 같은 정훈장교께 감사의 말을 전하고 싶다.

2007년에 우리나라에서 개봉됐던 미국 영화 〈클릭〉은 인도 영화 〈세 얼간이〉와 함께 너에게 꼭 추천해주고 싶은 영화다. 〈클릭〉은 주인공이 만능 리모컨을 얻게 되면서 벌어지는 갖가지 해프닝을 통해서 가족의 소중함과 삶의 진정한 가치를 깨닫게 되지만 이미 모든 것을 돌이킬 수 없는 상황이 되고 말았다는 내용을 담고 있다.

    건축가 마이클은 평범한 직장인이다. 끊임없이 밀려드는 일로 정신없이 바쁜 일상을 보내며 아내와 두 아이들에게 애정표현까지 일일이 해줘야 하는 가장 마이클이 모처럼 집에서 쉬는 날, TV를 켜려고 하는데 수많은 리모컨 중 TV 리모컨을 찾지 못해서 고생을 한다. 결국 그는 여러 기기를 하나의 리모컨으로 조정하는 만능 리모컨을 얻어온다. 그날 밤, 마이클은 시끄럽게 짖는 강아지에게 조용히 하라며 무의식적으로 소리줄임 버튼을 누른다. 그런데 정말로 강아지 짖는 소리가 작아지는 게 아닌가!

    그 후로 마이클은 만능 리모컨 덕분에 유쾌한 인생을 살아간다.

교통체중으로 출근시간이 늦을 것 같으면 '빨리감기' 버튼으로 순식간에 회사에 도착하고, 첫키스 때 흐르던 음악을 기억 못한다고 토라지는 아내에게는 '되감기' 버튼으로 그녀의 옷차림까지 기억한다. 이제 마이클은 아내의 잔소리 말다툼 같은 일들은 건너뛰고, 승진하고 성공하기 위해서 계속 빨리감기 버튼을 누른다. 짜증나는 일은 겪지 않고 꿈같은 나날을 보내는 마이클!

영화를 보는 사람도 만능 리모컨 덕분에 맘껏 웃을 수 있지만, 후반부로 넘어가면서 리모컨을 남용하는 바람에 가족과의 관계뿐만 아니라 자신의 삶마저도 엉망이 돼버리는 마이클과 마주하게 된다. 성공하기 위해 가족과의 시간들을 건너뛰어버린 마이클, 지나온 시간을 후회하지만 늙고 병든 몸으로 가족들에게 외면당한 채 쓸쓸한 죽음을 맞이하게 된다.

군생활 중 가장 큰 고통 중에 하나는 스마트폰이나 컴퓨터를 사용할 수 없다는 점일 것이다. 얼굴도 모르는 사람들과 사생활을 공유하고, 터치와 클릭만으로 문제가 해결되고, 스마트폰에 앱을 다운받아 모바일 게임을 하면서 놀았던 뼛속까지 IT세대인 너희들이 하루아침에 스마트폰을 강탈당하고 얼마나 지독한 금단현상을 겪고 있을지 미루어 짐작이 된다.

평생을 컴퓨터와 함께 살아온 스티브 잡스도 자녀들의 컴퓨터 사용을 엄격하게 제한하고, 저녁이면 온 가족이 식탁에 모여 앉아 책이나 역사 등을 화제로 이야기했다고 하지 않니? 이런 기기들과 단절될 수 있는 군입대를 계기로 스마트폰을 비롯한 모든 스마트기기들에 대한 인식을 달리할 수 있었으면 한다. 아무리 편리한 것이라도 그것의 노예가 되면 우리 삶은 피폐해질 수밖에 없다.

2013년 서울시 교육청에서 약 30만 명의 초중고생을 대상으로 조사한 '스마트폰 이용 현황'에 따르면, 100명 중 7~8명 정도가 일상생활이 어려울 정도로 스마트폰에 중독된 것으로 나타났다. 6.5%인 1만 7천여 명은 스마트폰 과다사용으로 인해 수면시간이 줄어들고 항상 피로를 느끼는 것으로 나타났다.

스마트기기들에 중독된 사회는 여러 가지 문제를 야기시킨다. 장시간 이들 기기에 노출되면 안구건조증, 어깨통증, 일자목 등 신체적 건강에 이상이 생길 수 있다. 디지털치매나 팝콘 브레인과 같은 심각한 뇌변형이 일어날 수도 있다고 한다.

디지털치매는 디지털기기에 지나치게 의존하다가 기억력, 계산능력, 사회성이 떨어지는 상태를 말한다. 친한 사람의 전화번호도 기억하지 못하고 자막 없이는 부를 줄 아는 노래가 거의 없는 것, 일종의 디지털치매라 할 수 있다. 팝콘 브레인은 사람의 뇌가 팝콘이 튀는 것처럼 게임이나 동영상 같이 빠르고 강한 정보엔 반응하지만 현실상황에는 무감각, 무기력해지는 현상을 말한다. 단순하고 평범한 일상에는 흥미를 잃어버리는 것이다. 스마트해진 세상에 사는 우리는 어쩌면 바보가 돼가고 있는지도 모를 일이다.

무분별한 정보에 무방비로 노출되는 것도 문제다. TV 라디오 신문 인터넷 SNS 등을 통해 하루가 다르게 많은 정보가 쏟아져 나온다.

1990년 대 초 엄마가 석사 논문을 쓸 때는 몇날 며칠을 도서관 서고에서 파묻혀 지내곤 했다. 그곳에서 책과 논문, 신문 등을 찾아서 논문 작성에 필요한 지식과 정보를 구했다. 2008년 박사 논문을 쓸 때에는 그런 수고를 할 필요가 없었다. 컴퓨터가 모든 것을 해결해 주었다. 가만히 앉아서 전자도서관에 들어가기만 하면 국내는 물론 국외의 논문이나 책까지 섭렵할 수가 있었다.

1990년대의 아날로그보다 2000년대의 디지털적인 삶이 편리한 것은 분명한 사실이다. 그러나 책이나 신문에서 얻은 정보는 출처만 정확하면 논문의 자료로 이용하는데 흠이 없지만 인터넷에서 얻은 정보는 진위가 분명하지 않은 경우가 많아서 검증에 시간이 많이 걸린다. 정보를 선별하여 지식으로 만들 수 있는 능력이 필요한 시대다. 그런 능력을 갖추기 위해서라도 책과 신문 등을 가까이 해야 한다. 편리하고 쉽다고 해서 디지털기기에만 의존해서는 안 된다. 모든 일에는 시간과 노력, 즉 정성이 필요하다.

니콜라스 카는 디지털기기에 종속된 인간의 사고방식과 삶을 끊임없이 연구한 세계적인 디지털 사상가다. 2010년 세계적인 베스트셀러가 된《생각하지 않는 사람들》은 '인터넷이라는 괴물 때문에 사람들은 점점 생각하지 않는 동물이 되어가고 있다'고 인류에게 경종을 울린다. 생각하는 힘을 갖기 위해서는 인터넷 보다는 책을 읽어야 한다는 것이 핵심인 저서에서 니콜라스 카는 책을 읽어야 하는 이유를 이렇게 설명한다.

"인쇄된 책을 읽는 행위는 독자들이 저자의 글에서 지식을 얻기 때문만이 아니라 책 속의 글들이 독자의 사고 영역에서 동요를 일으키기 때문에 유익하다."

니콜라스 카는 2014년 《유리감옥》을 통해 인터넷이 무뇌인간을 만든다는 생각을 더욱 확장시켜서 자동화가 점점 늘어가는 세상에 또 한번 경고장을 내놓았다. 《유리감옥》은 기술이 발전할수록 인간이 왜 무능해지는지를 로봇, 무인 비행기, 무인 자동차, GPS, 드론 등을 예로 들면서 자세하게 이야기하고 있다.

저자는 자동화가 우리가 꿈꾸던 행복한 세상이 아닌 행복과 별개이고 오히려 육체적 노동과 사람들의 적극적인 사고와 개입을 원천적으로 못하게 함으로써 무기력감을 유발한다고 말한다.

"컴퓨터, 스마트폰으로 대표되는 '자동화'에 대한 무분별한 의존은 끔찍한 재앙을 불러온다. 진정한 인간관계는 사라지고 중요한 일을 컴퓨터가 모두 하면서 인간은 존재의 의미를 상실한 채 지루한 삶을 살아가게 될 것이다"라고 경고한 니콜라스의 말을 새겨들어야 할 때다.

손쉽게 정보를 습득하고 과거에는 상상조차 하지 못했던 일들을 척척 해낼 수 있는 시대에 살고 있지만, 그로 인해 우리 삶이 황폐화되고 획일화되고 있음을 걱정해야 한다. 시행착오와 우여곡절 속에서 이루어지는 다양한 경험과 체험이야말로 시대가 요구하는 창의력과 상상력을 불러일으키고 삶을 깊이 있게 탐색하게 한다.

클릭과 터치 대신 형광펜으로 밑줄 그으며 책을 읽고, 사랑하는 사람들과 눈을 맞추며 그들의 이야기를 들어주고, 자연의 멋진 풍광 앞에서 사색하며 즐기는 여유로움을 탐하라! 지금 이 순간 소중한 것들이 우리 눈앞을 지나가고 있다. 그리고 우리는 다시 이 순간을 맛보지 못할 것이다.

"소중한 것을 깨닫는 장소는 컴퓨터 앞이 아니라 언제나 새 파란 하늘 아래였다."　　　　(다카하시 아유무, 일본의 여행작가)

11

:

건강한
몸은
평생의 자산

두 번째 편지를 받았다. 첫 번째 편지는 몹시 다급하게 쓴 듯했는데 이번 편지는 여유를 갖고 쓴 것 같아 마음이 놓이는구나. 한 자 한 자 꾹꾹 눌러 쓴 편지글에는 엄마 아빠를 염려하는 마음이 곳곳에 배어 있었지. 중간쯤 읽었는데 너희들 말로 '멘붕'에 빠지고야 말았구나! 특수부대에 지원했다니! 특수부대? 이름만으로도 위압감을 주기에 충분했다. 부지런히 컴퓨터 검색엔진을 동원해서 네가 말하는 부대를 검색해봤다. 이름조차 무시무시하다.

너는 이미 엄마의 반응을 염두에 둔 듯 '이왕 온 거 군대생활 제대로 하고 싶고 체력이 약한 단점도 극복해서 나가겠다'며 염려하지 말라 며 당부를 했더구나. 어려서부터 유난히 병치레 잦았던 네가 고난 도의 훈련을 겪어낼 수 있을지 오만가지 걱정이 꼬리에 꼬리를 물고 달려든다.

군대 관련 책을 읽으면서 엄마에게 가장 위안이 되었던 글은 '체력이 달려서 못할 정도의 훈련이나 부대활동은 없다. 오히려 하고자 하는 의지와 정신력이 약하면 군생활이 힘들다. 신검에 합격할 정도의 체 력이면 성공적으로 군생활을 하는 데 전혀 문제될 것이 없다'라는 글이었다. 이 부분을 읽고 또 읽으면서 너의 병약한 체력에 대한 걱정을 덜어내려 애를 썼는데, 이 순간만큼은 이것마저도 위로가 되질 않는 구나. 그래도 의지가 단단하고 군대생활을 잘 해내려는 각오로 똘똘 뭉친 기특한 아들을 믿고 응원해야겠지?

사이버 외교사절단 '반크' 사이트를 개설하여 단장으로 활동하고 있는 박기태 단장도 너처럼 체력이 약해서 가족과 친구 등 주변 사람들에게 걱정을 많이 듣고 입대를 했다고 한다. 약골인 그가 하필 최전방 부대로 배치를 받았다. 더군다나 중화기중대에 배치되어 박격포 포판을 메고 다녀야 했다. 20kg이 넘는 포판을 거북이처럼 메고 오를 때마다 여기서 죽겠구나, 싶기도 했고 도망가고 싶다는 마음이 굴뚝같았다고 한다. 남은 군생활을 정신력으로만 버틸 수 없다고 생각한 그는 체력을 키우기로 결심했다. 하루 일과가 끝나면 쉬고 싶은 충동을 억제하고 하루도 빠지지 않고 체력단련실을 찾았다. 노력한 결과, 가슴은 단단한 근육질이 되었고 다리는 튼튼해졌다. 군생활 동안 수많은 산 정상에 포판, 포 다리를 메고 올랐지만 한 번도 낙오되거나 포기한 적이 없었다. 그는《내 꿈은 군대에서 시작되었다》를 통해서 이렇게 말한다.

"2년간의 군생활은 나를 이전과는 완전히 다른 사람으로 만들었다. 나는 지금 10만 명의 사이버 외교사절단 '반크' 의 대표로 대한민국을 전 세계에 알리는 일을 하고 있다. 일곱 시간의 바닷길을 건너 반크 대원들과 독도에 가기도 하고, 세계 빈곤 문제를 해결하기 위한 활동도 한다. 단장으로서 필요한 체력, 책임감, 조직관리, 업무 경험, 리더십의 기본기를 얻은 곳은 바로 군대였다."

《나는 세상의 모든 것을 군대에서 배웠다》라는 책에는 입대 전에 100kg이 넘었던 몸을 몸짱으로 만들어 제대한 강익균의 이야기가 나온다. 공군에 입대한 그는 거대한 몸집 때문에 훈련을 받으면 숨이 턱까지 차서 헐떡이기 일쑤였다고 한다. 그런데 적당한 키에 잔근육으로 무장된 다부진 체격을 가진 동기가 흐트러짐 없이 훈련을 받아내는 것을 보고 자신이 한심하다는 생각이 들고 화가 치밀었다. 그 순간 살을 빼고 건강미 넘치는 남자로 다시 태어나겠다고 다짐을 했다.

그렇게 목표를 세운 이후로 고문 같기만 했던 훈련이 자신을 가꾸기 위한 과정으로 느껴졌고, 다른 동기들이 훈련이 고되다고 투정부릴 때 그는 좀 더 강도를 높였으면 하고 바라기도 했다. 훈련소 생활 8주 만에 20kg을 감량했다. 첫 휴가 때 변화된 외모에 감탄과 칭찬을 아끼지 않는 사람들을 보고 자극을 받은 그는 체중감량에 만족하지 않고 체력단련에 더욱 박차를 가해야겠다고 다짐했다. 아침에는 운동장 구보, 점심에는 철봉, 저녁에는 헬스장으로 패턴을 만들어 하루도 빠짐없이 지켰다. 전역일이 다가올 무렵 부대 내에서 열린 몸짱 콘테스트에서 당당히 우승을 차지한 그는 "군대에서의 2년간 나를 새롭게 태어나게 한 몸짱 프로젝트의 최고 성과는 무엇보다 자신감이다. 남부럽지 않은 몸매와 체력으로부터 나오는 자신감으로 당당해지고 마음의 중심이 잡혔다"라고 썼다.

이 두 사람이 경험한 것처럼 군대는 건강한 체력과 강인한 정신력을 기르기에 최적의 장소다. 햄버거 피자 같은 인스턴트 식품에 길들여지고, 자유로운 대학생활을 만끽하면서 익숙해진 불규칙적인 생활습관에서 벗어날 수 있는 좋은 기회라 생각한다.

젊은 시절에는 건강한 몸에 대한 고마움을 잘 못 느낀다. 오히려 몸을 혹사시키기 쉽다. 건강한 몸을 지키기 위해서 좋은 음식을 먹고 제때 쉬어주는 일은 무엇보다 중요하다. 먹는 순간 입을 만족시키기만 하는 해로운 음식을 즐겨 먹고, 충분한 휴식과 수면의 중요성을 외면하는 것은 우리 몸을 야금야금 갉아먹는 습관이다. 계획적이고 규칙적인 생활을 할 수 있는 군대야말로 이러한 나쁜 습관으로부터 몸과 마음을 새롭게 갈무리할 수 있는 곳이다. 군대에서 심신을 최고의 상태로 만들어서 평생 자산으로 쓸 수 있길 바란다.

건강한 몸은 행복한 인생을 사는데 가장 큰 밑천이다. 우수한 지능과 탁월한 실행력을 지녔더라도 건강하지 않은 몸으로는 하고 싶은 일을 제대로 할 수 없다.

《군대가는 바보들》에 나오는 한 훈련병은 홀어머니 밑에서 아르바이트를 하며 학교에 다니다 자포자기하는 심정으로 군입대를 선택했다. 병원 가볼 시간조차 없었던 그는 군입대 후에야 자신이 폐에 공기나 가스가 차는 기흉이라는 병에 걸린 것을 알았다. 야간 교육훈련을 받는 도중에 쓰러진 그가 조교 등에 업혀 가며 울면서 했다는 말이 지금도 뇌리에 생생하게 남는다.

"저는 이것도 할 수 없네요. 돈도 없고 빽도 없고 공부도 못하면 이것 정도는 할 수 있어야 되는 거 아닌가요?"

부모의 든든한 지원 아래 공부하는 친구들과 달리 생활비 벌기도 바빴던 한 청년이 '이럴 바에야 군대나 가야지'라고 생각하고 선택한 길, 그것마저도 해낼 수 없는 벽이 생겼으니 그 참담한 심정은 어떤 말로도 표현하기가 힘들다.

건강은 모래성이 무너지듯 한순간에 무너지지는 않는다. 불규칙적인 식생활이나 운동부족, 과로 등의 원인으로 삐걱거리기 시작한 몸은 '나를 좀 봐달라'고 말을 걸어온다. 감기나 더부룩함, 결림 등으로 끊임없이 신호를 보낸다. 그런데도 우리는 귀찮고 바쁘다는 이유로 이를 무시하기 일쑤다. 몸이 상하는 줄도 모르고 일에 파묻혀 살았던 사람이 이제 좀 편하게 살겠구나 싶을 때 갑자기 세상을 등지는 경우도 있고, 한창 일할 나이에 몸이 아파서 아무것도 못한 채 병마와 싸우는 사람들도 보았다.

다시 한번 말하지만, 건강하지 않은 몸으로는 아무것도 할 수가 없다. 정신력으로 버티는 것은 한계가 있다.

"니가 이루고 싶은 게 있다면 체력을 먼저 길러라. 니가 종종 후반에 무너지는 이유, 데미지를 입은 후에 회복이 더딘 이유, 실수한 후 복구가 더딘 이유, 다 체력의 한계 때문이다. 체력이 약하면 빨리 편안함을 찾게 되고, 그러면 인내심이 떨어지고, 그 피로감을 견디지 못하면 승부 따윈 상관없는 지경에 이르지. 이기고 싶다면, 니 고민을 충분히 견뎌줄 몸을 먼저 만들어. 정신력은 체력의 보호 없이는 구호 밖에 안돼."

(드라마 〈미생〉 중에서)

군의관으로 근무한 경험이 있는 현직 의사들이 쓴《꽃보다 군인》은 건강하고 안전한 군생활을 위해 입대 전에 꼭 읽어야 할 책이다. 군인들에게 흔한 질병이나 부상, 군인이기 때문에 노출될 수밖에 없는 위험들에 대해 조곤조곤 알려주고 있다.

저자들은 군대 가면 '사람이 되어' 돌아온다는 말이 있지만 오히려 몸을 망치고 전역하는 병사들도 있다고 전한다. 원래 안 피우던 담배를 군대에서 배워서 제대하는 병사와, 축구하다 다쳐서 전역하는 병사를 말한다. 그들은 "담배는 무조건 끊고, 축구는 살살하라"고 강조한다.

그들이 말하는 군대에서 사계절을 건강하게 보내는 방법을 살짝 소개해볼까 한다. 잘 새겨서 건강하고 사고 없는 군생활을 영위할 수 있도록 해라.

작업이 많은 봄, 아직 추위가 풀리지 않은 날씨에 갑자기 힘을 쓰다 보면 관절을 삐끗하기 쉬우니 작업 전후에 스트레칭을 충분히 해야 한단다. 열경련, 일사병, 열사병 등으로 인한 사망 사고가 가장 많이 발생하는 혹서기에는 절대로 작업이나 운동을 무리하게 해서는 안 된다.

야외에서 먹고 자는 일이 가장 많은 가을에는 유행성 출혈열에 감염될 수 있다. 한 해에 5백 명 정도 감염환자가 발생하는데, 그중 3분의 1이 군인일 정도로 군대에서 많은 질환이라고 하니 특히 주의를 기울여야겠다. 저체온증과 동상에 걸리지 않으려면 겨울 내내 꽁꽁 싸매고 지내야 한다는 점도 명심하여라.

건강한 몸을 최우선으로 생각하라는 말과 함께 내면을 가꾸는 일역시 게을리하지 말라는 당부를 하고 싶다. 우리는 결혼을 잘하기위해, 직장을 구하기 위해, 자기만족을 위해 겉모습만 화려하게 꾸미는 것이 일상이 되어버린 시대에 살고 있다. 아름다운 얼굴로 원하는 바를 이룰 수 있고, 멋진 몸매로 잃어버린 자신감을 찾아 더 나은 삶을 살고 싶어 하는 마음을 나무라고 싶지는 않다. 그렇지만 사람을 판단하는 제 일의 기준이 훌륭한 외모인 사회라면? 훌륭한 외모를 갖지 못한 사람들이 외모 때문에 그들이 가진 장점과 매력마저

빛을 발하지 못하는 사회라면? 그런 사회는 마땅히 바뀌어야 한다.

옛날 어느 마을에 잘생기기로 유명한 오빠와 못생기기로 손꼽히는 여동생 남매가 살고 있었다. 남매가 함께 거울 속에 비친 자신들의 모습을 보고 있는데 오빠가 말했다.

"이 세상에 나만큼 잘생긴 사람은 없을 거야!"

오빠의 계속되는 자랑이 못생긴 자신을 비웃는다고 생각한 여동생은 아버지에게 달려가 울음을 터트렸다. 아버지는 남매를 껴안고 어루만지며 타일렀다.

"너희 둘은 날마다 자신의 모습을 거울에 비춰봤으면 좋겠구나. 아들아! 너는 거울을 보며 절대 나쁜 행동으로 아름다운 용모를 더럽히지 않겠다고 다짐하려무나. 딸아! 너는 거울을 보며 마음의 아름다움으로 외적인 부족함을 메워갈 수 있다고 속삭이렴."

아무리 예쁜 얼굴과 준수한 외모를 가지고 있더라도 내면이 아름답고 알차지 않으면 빛이 날 수 없다. 내면에서 우러나온 자신감과 반듯한 성품이 얼굴과 표정, 몸짓 하나하나에 잘 드러나는 사람은 굳이 외모에 신경쓰고 멋을 부리지 않아도 광채가 나기 마련이다. 외양을 치장하기 보다 마음의 텃밭을 가꾸도록 노력해라.

12

:

견딤의 깊이가
쓰임의 크기를
결정한다

지난밤 꿈에서 너를 보았어. 꿈이 아니더라도 설이라 네 목소리를 들을 수 있을 것 같았다. 전화벨 소리가 울릴 때마다 가슴이 쿵쾅거리기를 수차례 반복하다 지칠 때쯤 너의 목소리를 들을 수 있었지. 잘 적응하고 있고 훈련소 동기들과도 친해져서 재미있다는 말을 속사포처럼 쏟아내더니 "엄마! 사랑합니다. 고맙습니다!"라고 또박또박 힘주어 말을 하더구나. 눈물이 후드득 떨어지고 목이 꾹걱거려 말을 잊지 못하는 사이 전화가 속절없이 끊겨버렸다.

통화중에 엄마가 차마 뱉지 못하고 목구멍 사이로 삼켜버린 말이 있어. 엄마 곁에서 시험 준비하는 수험생이라면 백번도 천번도 더 했을 말이다. 그런데 태어나서 처음으로 혹독한 홀로서기를 치르고 있는 네게 그 말을 하는 것은 염치없는 일이라는 생각이 들더구나. 아직까지 네 목소리가 쟁쟁하게 들리는 듯한 전화기를 가슴에 끌어안고 간절한 마음으로 되뇌어본다.

"참고 견디어내라! 아무리 힘든 일이더라도 지나고 나면 별거 아니더라!"

《도덕경》에 '아무리 회오리 바람이 심하게 불어도 아침나절 계속해서 불 수는 없고, 아무리 소나기가 내려도 하루 종일 내리지 않는다(표풍부종조 취우부종일 飄風不終朝 驟雨不終日)'는 말이 있다. 모든 시련과 어려움은 결국 끝이 있다. 우리가 염려해야 할 것은 그 끝이 오기 전에 포기하고 주저않는 것이다. 절망적인 상황에서도 희망의 씨앗을 뿌릴 수 있는 사람만이 달콤한 열매를 맛볼 수 있다.

윈스턴 처칠은 모교 후배들을 위한 강연에서 "절대! 절대! 절대로 포기하지 마십시오!"라는 말을 남겼다. 그가 평생에 걸쳐 삶의 원칙으로 삼았던 이 말은 제2차 세계대전 당시 영국 국민들에게 희망의 불씨를 지피고 전쟁을 승리로 이끌어낸 원동력이 되었다.

사망한 지 30년이 훌쩍 지났지만, 하얀 양복에 검은 뿔테 안경을 쓰고 여전히 KFC 매장을 지키고 있는 커넬 샌더스 할아버지 역시 포기를 몰랐던 사람이다. 커넬 샌더스의 젊은 시절은 불행 그 자체였다. 여섯 살 때 아버지를 잃고 어린 동생들을 돌봐야 했다. 들어가는 회사마다 잘렸고 하는 일마다 실패했다. 조그맣게 차린 주유소가 대공황으로 실패하고 재기를 위해 주유소 한쪽에 차린 닭튀김 가게마저 화재로 다 타버렸다. 그는 거기서 주저앉지 않고 독특한 레시피로 치킨을 만들어 고속도로 여행자들에게 팔았다. 그마저도 새로운 고속도로가 건설되면서 손님이 줄어 또 다시 빈털터리가 되고 말았다. 하나뿐인 아들을 사고로 잃고 아내마저 그를 떠났다.

65세가 되어 사회보장기금 105달러를 수령했을 때 정신이 번쩍 들었다. 나라에서 주는 돈을 받으면서 살아갈 만큼 약하거나 늙지 않았다고 자신을 채찍질했다. 사회보장기금을 아껴 새로운 닭요리 개발에 몰두했다. 마침내 당시 일반화되었던 팬 튀김 방식보다 조리 시간이 빠른 압력솥으로 닭을 튀기는 방법을 개발하였다.

식당을 차릴 여력이 없었던 그는 자신이 개발한 요리법을 식당 주인들에게 가르쳐주고 로열티를 받는 새로운 형태의 사업인 프랜차이즈를 구상했다. 그리고 트럭을 타고 전국의 레스토랑을 돌아다니며 투자자를 찾았다. 공중화장실에서 세수하고 치킨으로 끼니를 때우며 3년 넘게 전국을 돌아다니며 1,008회나 문전박대를 당했다.

젊은 사장들에게 "나이를 생각해서 이제 그만 하시지요" 라는 말을 들으면서도 끝까지 포기하지 않았던 샌더스는 1,009번째 찾아간 레스토랑과 KFC 1호점 계약을 성사시켰다. 이렇게 출발한 KFC는 전 세계 80여 개국, 1만 3천여 곳의 매장에서 연간 지구 11바퀴를 도는 것과 맞먹는 양의 치킨을 공급하고 있다.

전등, 축음기, 영사기, 재봉틀 등 정식으로 발명특허를 받은 것만도 무려 1,093가지에 달하는 토마스 에디슨의 장례식이 있던 날 밤, 미국에서는 1분 동안 모든 전깃불을 끄는 것으로 그를 애도했다고 한다. 에디슨이 그 전구를 발명할 때의 이야기다. 전구 안에서 빛을 내는 가는 선, 필라멘트가 오랫동안 불을 밝히지 못하고 금세 타버리는 바람에 실패를 거듭하고 있었다. 제자가 "선생님, 지금까지 90가지 재료로 실험했지만 모두 실패했습니다. 여기서 멈추는 게 좋겠습니다"라고 하자, 에디슨은 "우리는 실패한 게 아니라, 안 되는 재료가 무엇인지 90가지나 알아낸 아주 성공적인 실험을 한거야"라고 말했다고 한다. 그 후 에디슨은 1,000가지가 넘는 재료로 실험을 했고, 결국엔 탄소 필라멘트가 들어간 백열전구를 만들어냈다.

커넬 샌더스와 에디슨은 셀 수 없이 많은 거절과 실패에 절망하지 않았다. 오히려 그것을 도약의 발판으로 삼았다. 자신의 분야에서 일가를 이룬 사람들이 모두 탄탄대로를 걸어 그 자리에 올라섰다고 생각하는가? 빛나는 성공 뒤에 가려진 치열한 삶의 흔적에 무관심했던 건 세상이었을 뿐, 그들은 갖은 시련과 역경 속에서도 불같은 열정과 멈출 줄 모르는 끈기로 성공이라는 열매를 거머쥘 수 있었다. 시련과 역경에 단련되지 않은 성공은 무너지기 쉽다.

군생활에 적응하지 못하고 탈영이나 자살 같은 극단적인 행동을 하는 병사들이 많다고 한다. 군대에서 겪는 일이 세상에서 가장 어렵고 고통스럽다고 생각할 것이다. 하지만 주어진 역할이 하나하나 늘어갈수록 가정, 직장, 사회에서 요구하는 인내의 무게는 군대에 서의 그것과는 비교할 수 없을 정도라는 것을 깨닫게 될 것이다.

개그맨 서경석이 전역하는 날, 중대장이 "군대는 전쟁을 준비하 는 곳이지만, 사회는 전쟁을 하는 곳이다"라고 했다는데, 이 말은 앞으로 마주하게 될 세상의 험난함을 냉철하게 표현한 말이다.

신병교육 조교로 복무하면서 4,000명이 넘는 훈련병을 지도했던 박지성 씨는 부모님에 대한 그리움과 감사함, 가벼운 연애가 아닌 진짜 가슴을 담아서 하게 되는 사랑, 자신을 둘러싸고 있는 환경에 대한 감사함, 자신의 미래에 대한 진지한 성찰, 무엇이든 할 수 있다 는 자신감, 인내심, 조직 사회에서의 대인관계 요령 등을 군대에서 얻을 수 있는 것으로 꼽았다. 이런 것들은 치열한 사회를 살아가는 데 절대적으로 필요한 것들이다. 돈 주고도 배울 수 없는 것들이다.

탈무드에 커다란 우유통에 빠진 세 마리 개구리 이야기가 나온 다. 첫 번째 개구리는 "모든 일은 신의 뜻대로 된다"며 아무 노력도 하지 않았고, 두 번째 개구리는 "이 통은 너무 깊어서 도저히 빠져 나갈 수 없다"고 포기했다. 세 번째 개구리는 코를 우유 밖으로 내 밀고 뒷다리로 계속 헤엄을 쳤다. 그러자 어느 순간 다리에 뭔가 딱 딱한 것이 걸렸다. 살 길을 찾아 이리저리 돌아다닌 결과 버터가 만 들어진 것이다. 세 번째 개구리는 버터를 딛고 일어설 수 있었다.

시련이 닥쳤을 때 지레 겁을 먹고 포기해서는 안 된다. 세 번째 개구리처럼 시련과 맞서야 한다. 그대로 주저앉아 버리지만 않으면 힘들고 어려운 시기는 지나가게 마련이다. 맑은 날의 일은 그저 기억이지만, 비바람 불고 추운 날의 일은 추억으로 새겨진다. 가끔 삶이 버겁다고 느낄 때 엄마가 애송하는 시를 바람결에 실어 보낸다. 시인이 노래한 대로 시련 없이 성취는 오지 않는 법이다.

희망가

－문 병 란

얼음장 밑에서도
고기는 헤엄을 치고
눈보라 속에서도
매화는 꽃망울을 튼다.

절망 속에서도
삶의 끈기는 희망을 찾고
사막의 고통 속에서도
인간은 오아시스의 그늘을 찾는다.

눈 덮인 겨울의 밭고랑에서도
보리는 뿌리를 뻗고
마늘은 빙점에서도
그 매운맛 향기를 지닌다.

절망은 희망의 어머니
고통은 행복의 스승
시련 없이 성취는 오지 않고
단련 없이 명검은 날이 서지 않는다.

꿈꾸는 자여, 어둠 속에서
멀리 반짝이는 별빛을 따라
긴 고행길 멈추지 말라

인생항로
파도는 높고
폭풍우 몰아쳐 배는 흔들려도
한 고비 지나면
구름 뒤 태양은 다시 뜨고
고요한 뱃길 순항의 내일이 꼭 찾아온다.

13
⋮
프로이드도
몰랐다는
여자 마음

곰신, 군대 간 남자친구를 기다리는 여자. 고무신의 줄임말이라고 하는구나. 군대 간 남자친구를 기다리지 못하고 새로운 사랑을 찾은 사람에게 고무신 거꾸로 신었다고 빗대어 말하잖아? '고무신 카페'라는 게 있어 살짝 들어가 보니 군대 정보를 교환하면서 남자친구를 걱정하고 살뜰하게 챙기는 곰신들이 많아서 '고무신 거꾸로 신었다'는 말이 외계어처럼 느껴졌단다.

네 큰외삼촌이 군인이었던 시절, 여자친구와 함께 면회를 갈 때면 엄마 마음이 풍선처럼 부풀어 올랐어. 전방에서 고생하는 동생에게 세상에서 가장 멋진 선물을 안고 가는 뿌듯함 때문이었을 거야. 외삼촌이 군생활을 하는 내내 '그녀'가 '고무신을 거꾸로 신지 않을까?' 걱정도 많이 했다. 다행스럽게 그녀는 네 외숙모가 되어 아들딸 낳고 잘 살고 있으니 고마울 따름이다.

엄마랑 눈 마주칠 겨를도 없이 바람처럼 나가더니, 그날 밤부터 방에 틀어박혀 전화기만 부여잡고 있다 귀대했다는 군인아들, 그런 아들을 4박 5일 동안 숨죽이며 지켜봐야 했다는 군인엄마, 엄마 친구와 그녀의 군인아들 이야기다.

여자친구가 없는 너는 삭막한 군생활을 견뎌내야 하겠지만, 엄마는 '그녀'가 고무신을 거꾸로 신을까 노심초사하지 않아도 되니 더할 나위없는 효도를 하는 셈 치거라. 엄마와 누나가 편지랑 사탕은 보내주마. 같은 사탕이지만 달콤함의 차이가 다르다고? 그래도 견뎌보거라!

여자친구는 군생활의 최고 활력소이기도 하지만, 그녀의 변심은 병사들을 가장 고통스럽게 하는 원인 중의 하나라고 한다. 군생활 도중 여자친구의 변심으로 힘들어하는 수많은 병사들을 지켜봐야 했던 권해영 씨는 자신의 저서 《군대생활 사용설명서》에서 여자친구에 대해서 이렇게 일갈한다.

여자들은 가까이에서 자신을 돌봐줄 사람을 필요로 하지, 알지도 못하는 오지에서 공중전화로, 그것도 수신자부담으로 전화해서 군에서 축구하고 고생한 얘기만 해대며 위로해달라며 조르고 고무신 바꿔 신지 말라고 단속이나 하는 옛 애인을 필요로 하지 않는다. 멀리 생각해서 지금 여자친구가 평생을 같이할 반려자가 아니라고 생각되면 과감하게 정리하고 입대하기를 권장한다. 진짜 애인은 전역 후 사회생활하며 생긴다.

오늘은 가슴이 먹먹해지는 이야기를 해볼까 한다. 미국에서 실제 있었던 일이라고 한다. 사랑하는 남녀가 있었다. 남자는 월남전에 참전하게 되고 여자는 그가 무사하게 돌아오기만을 고대하며 하루하루를 보냈다. 그러던 어느 날 여자는 남자가 전사했다는 편지를 받는다. 폭탄을 맞고 양팔을 절단해야만 했던 남자가 사랑하는 여인을 위해서 세상에 없는 사람이 되기로 작정을 한 것이다. 양팔을 절단한 채 남자는 고국에 돌아왔지만 행여 그녀의 눈에 띌까 숨어 살았다.

세월이 흐른 뒤, 남자는 멀리서라도 여자의 모습을 보고 싶어 그녀의 집으로 찾아갔다. 그토록 그리워했던 여인이 팔과 다리가 없는 한 남자와 정겹게 이야기하고 있는 모습이 보였다. 그녀는 월남전에서 양팔과 양다리를 잃은 남자를 남편으로 맞아 보살피며 살아가고 있었던 것이다.

이 이야기를 듣고 어떤 생각을 했는지 궁금하다. 개인주의 성향이 강한 젊은 세대들 눈에는 진부하고 고루한 사랑으로 비춰질까? 아니면 지고지순한 사랑에 박수를 보낼까? 엄마는 답답하다고 핀잔을 듣더라도 자신은 뒷전이고 사랑하는 사람의 행복과 평안함이 우선인 사랑을 응원하고 싶다. 내 손가락이 부러진 것보다 사랑하는 사람의 손톱 밑 가시에 더 마음이 쓰이는 사랑이 진짜 사랑이라고 생각하니까.

'사과를 잘 쪼개는 사람, 사탕을 끝까지 녹여 먹는 사람, 유리창

을 닦아본 사람, 찬밥도 맛있게 먹는 사람, 혼자서도 잘 노는 사람'
이 '연애를 잘한다'는 구절을 읽을 때만 해도 무슨 시답잖은 소리를
하는가 싶었다. 그런데 시인은 엄마의 성급한 생각에 명쾌하고 단
호한 해답을 주었다.

사과를 쪼갤 수 있다는 건, 서로 나눌 줄 안다는 것
사탕을 녹여 먹는다는 건, 기다릴 줄 안다는 것
유리창을 닦는다는 건, 정성을 들이는 것
찬밥도 맛있게 먹는다는 건, 사랑이 초라해도 맛있게 소화한
다는 것
혼자 있는 시간을 견딘다는 건, 타인을 배려하고 자기 욕심
으로 상대를 만나지 않는다는 것

(송정림의 《사랑하는 이의 부탁》 중에서)

갈구하기만 하고 주기를 게을리하는 사랑은 눈에 썬 콩깍지가 벗
겨지는 순간 부서지기 쉽다. 상대방이 내 마음을 알아주고, 내 마음
대로 움직여주기만을 바라는 사랑은 지속되기 힘들다. 사랑한다는
이유로 상대방을 끊임없이 비교하고 비난하는 일 역시 사랑의 마법
이 풀리게 하는 지름길이다. 남녀 간의 사랑에는 노력이 필요하다.
시들지 않게 꼬박꼬박 물과 영양분을 공급하고, 시시때때로 잡초가
자라지 않는지 확인해야 한다.

모든 인간관계는 나는 옳고 너는 틀리다는 생각에서 뒤틀리기 시작한다. 사랑에 빠진 남녀의 관계가 어긋나기 시작하는 것도 마찬가지다. 다르다(different)는 말은 A와 B가 같지 않다, 즉 차이가 있다는 뜻이다. 틀리다(wrong)는 말은 옳지 않다는 뜻이다. 나의 행동이나 사고방식과 같지 않다고 해서 상대방에게 "틀렸어"라고 말할 수 있겠는가? 너와 나의 다름이 존재할 뿐이다. 너와 나의 차이를 인정하고, 상대방에게 나와 같아지기를 강요하지 않아야 한다.

엄마는 치약을 가운데부터 푹 짜내는 버릇이 있다. 사실 그런 버릇이 있다는 것조차 의식하지 못했는데, 어느 날인가 살뜰하게 짜서 끝 부분을 말아 올린 치약이 눈에 띄었다. 중요한 약속이 잡힌 아침인데 화초에 물을 주느라 어정대고 있는 아빠를 닦달해서 출근시킨 후였던 것 같다. 그날 이후로 엄마는 아빠가 미운 짓을 할 때마다 치약을 떠올린다. 엄마에게 한 번쯤 타박을 했을 만도 한데 아빠는 잔소리 한번 하지 않고 묵묵히 그 일을 계속하고 있다. 치약을 가운데부터 짜내는 것이 생각하기에 따라 고약한 버릇일 수는 있지만, 그것이 틀린 방법은 아니다. 만약 아빠가 엄마의 버릇을 지적하고 고치기를 강요했다면 치약을 빌미로 다툼이 끊이지 않았을 것이다. 나와 다를 수밖에 없는 상대방을 이해하고 조화롭게 맞춰나가려고 노력하는 사람은 성숙하고 단단한 사랑을 할 수 있다.

전 세계 40여 개 나라에서 번역되어 3천만 부 이상 팔린 베스트셀러 《화성에서 온 남자 금성에서 온 여자》는 "본래 남자는 화성인이고 여자는 금성인이기 때문에 둘 사이의 언어와 사고방식은 다를 수밖에 없다"는 비유를 통해 남녀의 갈등을 치유하는 방법을 제시하고 있다.

책의 저자 존 그레이 박사는 여자들이 남들과 자신의 느낌을 함께 나누는 관계를 통해 만족을 느끼는 반면 남자들은 혼자 힘으로 무언가를 이룩했을 때 자기 자신에 대해 긍지를 갖는 등 모든 면에서 남자와 여자는 분명한 차이를 가지고 있다고 강조한다. 그럼에도 불구하고 서로 이러한 사실을 인식하지 못하기 때문에 충돌이 일어난다고 지적한다. 충돌을 피하고 사랑을 지속하기 위해서 여자는 남자를 변화시키려고 애쓰기 보다 있는 그대로 그를 사랑하고 그의 능력과 자존심을 존중하고 격려하라고 한다. 반면에 남자에게는 여자의 말에 참을성 있게 귀를 기울이고 애정 표현을 많이 해야 한다고 조언한다.

동물의 왕, 사자가 농부의 딸을 보고 첫눈에 반했다. 사자는 농부를 찾아가 딸을 달라고 졸랐다. 농부는 사자가 무서워서 딱부러지게 거절하지 못하고 한 가지 꾀를 내었다.

"사자님! 당신의 날카로운 이빨과 발톱에 제 딸이 다칠 수 있으니 이빨과 발톱을 없애고 오면 결혼을 허락하겠습니다."

사자는 이빨과 발톱을 몽땅 빼고 다시 농부를 찾아갔다. 농부는 발톱과 이빨이 없는 사자에게 몽둥이질을 하고 내쫓아버렸다.

《이솝이야기》에 나오는 사랑에 눈이 먼 사자의 이야기다. 농부의 딸과 결혼할 생각 외에는 다른 생각을 하지 못했던 사자는 자신의 가장 큰 무기인 날카로운 이빨과 힘센 발톱을 스스로 없애버리는 어리석은 행동을 저질렀다. 우리 주위에도 사자처럼 어리석은 사랑을 하는 사람들이 있다. 실연을 당하고 삶이 송두리째 흔들릴 정도로 깊은 수렁에 빠져드는 모습을 종종 볼 수 있다. 군대에서도 여자 친구의 갑작스런 결별 통보를 받고 괴로워하다 자살하는 병사들이 의외로 많다고 한다.

사랑 하나에 자신의 모든 것을 걸어서는 안 된다. 부모, 형제, 친구, 나의 미래는 우리 삶에서 '사랑하는 사람'과 똑같이 소중하게 생각해야 할 가치다. 연인과 헤어졌다고 해서 세상이 끝난 것이 아니다. 슬픔과 고통으로 지새는 날들이 길어져서도 안 된다. 사랑 때문에 인생이 폐허가 되는 일은 없어야 한다. 한 번 떠난 사랑이 돌아온다고 할지라도 그 사랑은 첫 마음을 지니기가 힘든 법이다. 지나간 인연은 귀중한 추억으로 남겨두고, 새로운 인연을 위해 나를 보살피고 가꾸어야 한다.

국회 국방위원회 소속 김광진 의원이 2013년 10월 29일 국방부로부터 제출받아 공개한 자료에 따르면, 지난 2008년부터 2012년까지 5년 동안 성범죄를 저질러 검거된 현역군인은 200명에서 311명으로 50% 이상 증가했고, 특히 아동 및 청소년을 대상으로 한 성범죄를 저지른 현역군인은 36명에서 76명으로 2배 이상 급증했다.

두근거리는 설렘보다는 서둘러 반응하는 몸에, 고민으로 지새우는 밤보다 일단 저지르고 후회하는 일에 익숙해져버린 신세대들의 연애 풍경은 걱정과 우려를 자아내게 한다. 한 번의 실수가 치러야 할 대가가 엄청나게 클 수 있음을 명심하여야 한다. 공병호 소장의 《습관은 배신하지 않는다》에 나오는 다음 글을 마음 속에 담아두길 바란다.

여성들에 비해 남성들의 경우는 성적 충동으로부터 오랜 기간 동안 자유롭지 않다. 사회적으로 상당한 지위에 오른 멀쩡한 사람들이 인생의 어느 순간 사회적으로 용인되기 힘든 스캔들에 연루되어 불명예스럽게 하차하는 경우를 자주 볼 수 있다. 이를 어떻게 이해해야 할까? 충동은 본능과 깊이 연결되어 있다. 그리고 이런 충동은 생물학적 특성이란 점을 중심으로 보면 얼마든지 이해할 수 있는 부분이다. 아주 노년이 되기 전까지 남성들은 이런 충동으로부터 자유로울 수 없다고 본다. 따라서 스스로 이런 특성을 제대로 이해하고 그런 환경에 노출되지 않도록 노력하는 것이 최선의 방법이다.

지혜롭고 아름다운 '그녀'를 아내로 맞이하는 미래를 상상해보아라. 존경받고 사랑받는 남편이 되기 위해서는 오늘의 네가 청정해야 한다.

남이 뭐라고 해도

나는 남편에게 덕 되는 일 좀 해야 되겠다.

어머니가 뭐라 그러든,

아버지가 뭐라 그러든,

나는 아내에게 도움이 되는 남편이 되어야겠다.

성철스님이 하신 말씀인데, 훗날 결혼을 앞둔 너희들에게 꼭 들려주고 싶은 말이다. 엄마는 부부란 서로에게 세상에서 가장 든든한 '내 편'이 돼주는 것이라고 생각한다. 아들도 스님 말씀처럼 '아내에게 도움이 되는 남편'이 되길 바란다.

▶첨언 혹시라도 엄마와 '그녀' 사이 삼각형의 정점에서 힘들 때
　　　가 오거든 엄마에게 성철스님 말씀을 꼭 들려주렴!

•

"남을 행복하게 하는 것은
향수를 뿌리는 것과 같다.
뿌릴 때에 자기에게도 몇 방울 정도는
묻기 때문이다."

(탈무드)

14
:
네 입에서
나오는 '말'을
다스려라

이제 훈련병 생활도 막바지에 이른 것 같구나. 신병교육대에서 보내준 일정표의 훈련 난이도가 점점 높아지는 걸 보니 어느덧 아들도 늠름한 군인이 돼 있을 것 같다. 참, 이 일정표 말이야! 네가 유치원 다닐 때 엄마가 냉장고 문에 붙여놓고 보던 그것과 흡사하다. 아침마다 이 일정표를 보며 오늘 네가 얼마나 고생을 할지 나름대로 가늠을 해본단다. 인터넷과 더불어 이 일정표 또한 감사하구나. 군인엄마가 되니 감동도 쉽고 부아가 치미는 일도 많고… 사춘기 소녀처럼 마음이 들쭉날쭉이구나.

오늘 세 번째 편지를 받았다. 여전히 엄마 아빠를 걱정하는 말로 가득 차 있는 편지 중간중간 까맣게 지워진 자국들이 보이는구나. 힘겹고 고달픈 훈련소 생활을 감추려는 흔적들처럼 보여 손가락을 그곳에 대고 어루만져 보았단다.

친구들에게 전해주라며 동봉한 편지에는 혹독한 군생활을 견디기 위해 네가 얼마나 노력을 하고 있는지가 여실히 배어 있었다. 그런데 친구들 한명 한명의 이름을 부르며 써내려 간 편지 군데군데 욕설이 적혀 있었어. 각 글자들의 첫 자음만 나열한 것이었지만 누가 봐도 금방 알 수 있겠더구나. 네 입에서 그런 말들이 나오는 것을 들어본 적이 없는 엄마의 놀라움은 이만저만이 아니었다. 누나는 요즘 아이들이 일상처럼 쓰는 말이라며 엄마를 안심시켰지만, 이유 여하를 막론하고 네 안에 아름다운 언어가 서식했으면 한다.

길거리를 지나다 혹은 신호등을 기다리면서 요즘 학생들의 이야기를 듣다 보면 욕설과 알아들을 수 없는 말이 대부분인 사실에 당혹스러울 때가 많다. 비속어나 줄임말을 쓰는 현상이 시대의 조류일 수도 있고, 상대방과의 거리를 가깝게 만들어주는 유대감을 형성할 수 있는 계기가 될 수도 있겠지만, 걱정스럽긴 마찬가지다.

한국교육개발원에서 행한 설문조사도 이를 뒷받침해주고 있다. 이 조사에 따르면 '비속어를 전혀 쓰지 않는다'고 말하는 청소년은 5.4%에 불과했다. 비속어를 사용하는 이유로 '습관이 되어 나도 모르게'라고 대답한 청소년이 36%, '친근감의 표현으로'라는 대답이 26%로 나타났다.

말은 나를 대변하고 나의 격을 표현한다. 나의 생각과 마음이 말을 통해서 표출되기 때문이다. 내가 하는 말을 통해서 상대방이 격려와 위로를 받을 수도 있고, 감정을 상하거나 상처를 받을 수도 있다. 때로는 내 입에서 나간 독설과 센 말이 부메랑이 되어 나를 옭아

맬 수도 있다. 한번 내뱉은 말은 시위를 떠난 화살처럼 다시 거둬들일 수 없다. 글을 쓸 때 수차례 지우고 고치는 것처럼 말을 내뱉기 전에도 심사숙고해야 하는 이유가 여기에 있다.

군대의 자살 원인 1위가 '언어폭력' 때문이라고 하니 놀랍고 안타까울 따름이다.

다음은《군대생활 매뉴얼》에 소개된 내용인데 동부전선 모 부대에서 실제 발생했던 일이라고 한다. 한 일병이 "선임병의 언어폭력으로 모욕감을 견디다 못해 자살한다"는 유서를 써놓고 화장실에서 목을 매었다. 그 일병은 평소 다같이 청소를 할 때면 요령을 피우기 일쑤였고, 소대원들끼리 운동을 할 때도 갖은 핑계를 대며 빠졌다. 선임병들에게 '뺀돌이'로 찍혀 있었다.

어느 날 그 일병은 어머니가 갑자기 뇌졸중으로 쓰러졌다며 청원휴가를 신청하였다. 평소 그를 몹시 불신했던 같은 분대의 선임병은 어머니 핑계를 대고 휴가를 가려 한다고 생각했다. 화가 나서 '부모 팔아 휴가 가는 놈' '네 어미도 너같은 놈 낳고 미역국 먹었겠지'라며 언어폭력을 퍼부었다. 부모님을 모욕한 것에 격분한 일병은 돌이킬 수 없는 일을 저지르고 말았다.

이 일병의 자세는 분명 올바르지 못했다. 군인으로서 적극적이고 긍정적인 자세로 임무를 이행해야 했고, 좀 부족하더라도 겸손한 태도로 최선을 다해 잘해보겠다는 의지를 보였어야 했다. 그렇지만 한 사람의 죽음 앞에서 이런 말들이 다 무슨 소용이 있겠느냐!

자신의 감정만을 앞세워 막말과 폭언을 쏟아내고, 상대방의 치부를 건드리는 말이 누군가를 죽음으로 몰아넣을 수 있다는 사실을 직시해야 한다. 아무리 화가 나더라도 상대방의 감정을 상하게 하지 않고 자신의 생각을 표현할 수 있는 단정하고 부드러운 말을 골라서 사용하는 습관을 들여야 한다. 상대방을 헐뜯고 비난하는 말은 농담으로라도 하지 말아야 한다.

김려령의 장편소설 《우아한 거짓말》에서 왕따를 당하다 자살을 하게 되는 천지라는 아이의 예사롭지 않은 외침을 기억하자.

"조잡한 말이 뭉쳐 사람을 죽일 수도 있습니다. 당신은 혹시 예비 살인자는 아닙니까!"

탈무드에 나오는 어떤 왕이 두 명의 광대를 불렀다. 한 광대에게는 세상에서 가장 좋은 것을, 다른 광대에게는 세상에서 가장 나쁜 것을 찾아오라는 명령을 내렸다. 왕의 명령을 받은 광대들은 세상에서 가장 좋은 것과 나쁜 것을 찾기 위해 돌아다녔다.

한참이 지난 후, 그들이 왕 앞에 가져온 물건은 과연 무엇이었을까? 공교롭게도 두 명 모두 '혀'를 가져왔다. 말이란 어떻게 사용하느냐에 따라 결과가 현저하게 다르게 나타날 수 있음을 깨우치는 교훈이다.

화를 내면서 욕을 하는 사람의 침과 웃으면서 말을 하는 사람의 침을 모아 쥐를 대상으로 실험을 한 결과, 화를 내고 욕을 한 사람의 침을 주입받은 쥐가 훨씬 빨리 죽었다. 말을 할 때 무심코, 혹은 대수롭지 않게 내뱉어서는 안 된다. 말로 베인 상처는 영원히 아물지 않을 수도 있다. 내 입에서 나온 말에 대한 책임은 전적으로 나에게 있다. 내가 한 말에 책임을 져야 한다.

"당신이 말하는 사람이 될 때는 당신이 주인공이 아니라 당신의 말을 듣는 사람을 주인으로 대접해야 한다."

"내가 '하고' 싶어 하는 말보다, 상대방이 '듣고' 싶은 말을 해라."

대한민국에서 말 잘하기로 손꼽히는 앵커 백지연과 방송인 유재석의 말이다. 그들의 말을 들어보면 말 잘하는 비결 역시 '나보다 너'에 초점을 맞추는 데 있는 것 같다. 나와 더불어 타인을 행복하게 하고 아름답고 건강한 사회를 만들기 위해서 내 입에서 나오는 말을 부지런히 갈고 닦도록 하자.

언론보도에 따르면, 국방부도 병사들의 잘못된 언어습관과의 전쟁을 선포했다. 일본어식 표현, 무분별한 외래어, 군대 은어 등을 쫓아내기 위해서 국방부는 국립국어원 등 전문기관의 도움을 받아 '병영언어 순화 지침서'를 발간할 계획이라고 한다.

또 문화체육관광부 등과 협력해 전문적이고 효과적인 언어교육도 진행하고 있다. 바른 병영언어 생활화를 위한 '언어개선 선도부대'를 2014년 10개에서 2015년 20개로 늘렸다. 육군 관계자는 "언어문화 개선, 언어폭력 예방 유공자에게 휴가, 외출, 외박 등 인센티브를 제공하고 있다"고 말했다.

　이런 노력에 따른 결실도 나타나고 있다. 2014년 언어개선 선도부대로 활동한 육군61사단 소속 김윤호 소령은 "장병들의 비속어와 은어 사용이 크게 줄었고, 바른 언어를 사용하면서 상호존중과 배려의 공감대가 확산됐다"고 말했다. 이모 상병은 "수시로 욕설을 하던 선임병들이 전역 때까지 거의 욕설을 하지 않아 생활관 분위기가 달라졌다"고 전했다.

　방송인 안문숙은 TV 예능 프로그램에 나와서 "어머니는 욕도 긍정적으로 하신다"라는 말을 하면서 어머니와의 일화를 밝힌 적이 있다. 그녀는 어렸을 적 말썽을 많이 부렸다고 한다. 설날 자치기를 하다가 남의 집 지붕에 올라갔는데 지붕에 있는 작은 구멍에 그만 발이 빠지고 말았다.

　나를 포함한 보통의 엄마들은 이런 경우 대개 "이 사고뭉치야! 커서 뭐가 되려고 벌써부터 이렇게 말썽을 부리고 다니냐?"고 소리를 질렀을 것이다. 그런데 그녀의 어머니는 달랐다.

　"네가 이렇게 커서 대통령이 될래? 판사가 될래? 돈을 바가지로 벌어 올 가시내야!"

　그녀의 어머니라고 해서 자신의 집도 아닌 이웃집까지 가서 말썽을 피우는 딸한테 화가 나지 않았겠는가? 그녀는 딸의 잦은 말썽 앞에서 자신의 감정을 쏟아붓기 보다는 긍정적인 언어로 딸이 잘 되기를 염원했던 것이다.

성경의 〈민수기〉에 "내가 들은 말대로 너희에게 해줄 것이다" 라는 말이 나온다. 이 말대로라면 우리는 "할 수 있다" "오늘은 좋은 일이 있을거야" 등의 긍정의 언어를 사용해야 한다.

긍정적인 말을 사용하는 습관은 밝고 적극적인 행동과 연결되어 성공과 축복을 불러온다. 부정적인 말을 습관적으로 하다 보면 굴러오는 복을 차버리고 스스로에게 해를 끼치게 된다. "할 수 없어" "틀림없이 안 될거야" 라는 말을 수시로 하는 사람들의 생각과 표정은 밝을 수가 없다. 찡그린 얼굴로 부정적인 말을 하는 사람을 좋아할 사람은 없다. 필경 신도 그를 외면할 것이다.

앵커 백지연은 스스로에게 좋은 말을 쏟아부으려고 애를 쓴다고 했다. 머리 위에 손을 얹고 자신을 축복해주는 말로 아침을 시작하고, "힘들어 죽겠다" 라는 소리가 튀어나오거나 "아휴!" 라는 탄식이 나와도 의식적으로 노력해 "감사해야지" 라고 스스로에게 말한다고 한다.

테레사 수녀님 역시 긍정의 언어를 사랑하고 주위 사람들에게도 그렇게 가르쳤다. 생전에 어려운 문제에 부딪칠 때마다 "문제가 생겼다" 라고 말하는 대신 "선물이 왔다"고 말씀하셨다.

힘들고 어려운 상황에서도 자기 자신에게 긍정의 언어로 말을 걸어보자. 자신에게 '나는 행복해' '잘하고 있어' '다른 사람들도 하는데 나도 해낼 거야' 라는 말을 계속 해주면 어느새 자기암시를 일으켜 우리 안에 내재해 있는 성공의 씨앗이 활짝 피게 될 것이다.

말은 그 말에 해당하는 것을

끌어당기는 에너지가 있습니다.

말은 병을 낫게도 하고 병에 걸리게도 합니다.

말은 부자가 되게도 하고 가난뱅이가 되게도 합니다.

한 가지 놀라운 사실은, 우리는 과거에 말한 대로

현재를 살고 있다는 것이지요. 따라서 오늘 아니,

이 시간에 어떤 말을 하느냐가 미래의 운명을

결정한다고 해도 과언이 아닐 것입니다.

(한창희의《혀, 매력과 유혹》중에서)

15
⋮
힘들 때
웃는 것이
일류 인생이다

태어나서 가장 빠른 속도로 뛰었던 것 같구나. "부모님들께서는 연병장으로 나오셔서 사랑하는 아드님의 가슴에 계급장을 달아주시기 바랍니다"라는 멘트가 끝나기도 전이었다.

각 잡힌 자세로 눈으로만 우리를 찾고 있던 너! 5주 만에 본 너는 정말 '군인'이 되어 있었다. 뚝뚝 떨어지는 눈물을 닦아주며 '작대기 한 개'를 엄마 손에 쥐어주었다. 그것을 손에 쥔 순간 '아…' 하는 탄식이 저절로 나왔다. 작대기 네 개가 네 가슴에 얹힐 날을 생각하니 까마득해서다. 이런 엄마 마음을 아는지 연병장 가로 행진을 하고 있는 갓 입소한 병사들을 가리키며 "저기 병사들은 이 작대기 하나도 하늘에서 별따기입니다!" 한다. 이등병 계급장을 자랑스러워하는 표정이 역력한 너를 보며 가슴을 쓸어내렸다.

예약해둔 펜션으로 가는 차 안에서 단숨에 초코파이 다섯 개를 먹는구나. 먹는다기 보다 마치 진공청소기가 흡입하는 것 같았다. 훈련소 시절, 종교활동은 초코파이를 따라 순례하고 군인들에게 초코파이는 소녀시대와 동급이라는 말이 실감이 났단다. 펜션에 도착해서 바리바리 챙겨간 음식과 양구 읍내에서 시킨 치킨과 피자까지 주는 대로 끝없이 먹는 우리 아들. 준비해 간 소화제까지 먹은 후에야 너의 식욕은 끝이 났구나. 돌 지날 무렵부터 군입대 직전까지 먹지 않으려는 너와 한 숟갈이라도 더 먹이려고 매일 전쟁 아닌 전쟁을 치렀던 것을 생각하면 춤이라도 덩실덩실 추어야 했는데, 기쁨 보다는 애잔한 생각이 들었다.

한 시간 같은 하루가 지났다. 훈련소 앞에서 애써 눈물을 참는 엄마를 보고 군복 주머니에서 잘 접은 종이 한 장을 꺼내서 펼쳐 보였다.

'힘들 때 우는 것은 삼류이고, 힘들 때 참는 것은 이류이며, 힘들 때 웃는 것은 일류 인생이다.'

'소나기(소중한 나의 병영일기)'에 적혀 있는 글이라며 "아들은 일류가 될 겁니다"라면서 엄지를 들어 보였다. 그렇게 긴 이별이 다시 시작되었다.

훈련소 생활을 마치고 자대배치를 받게 될 너를 생각하니 걱정이 산더미처럼 쌓이는구나. 전입가게 될 부대에서 만나는 장교들은 자상하고 인자할까? 좋은 선임병들을 만나야 할텐데….

'사랑받는 것도 미움받는 것도 다 저하기 나름'이라는 어르신들 말씀이 그른 것이 없더라. CEO들이 가장 좋아하는 시 중에 하나라는 오마르 워싱턴의 〈나는 배웠다〉 중에서도 같은 말을 하고 있더구나. 이 시는 나중에 전문을 꼭 음미해보길 바란다.

나는 배웠다.
다른 사람이 나를 사랑하게 만들 수는 없다는 것을.
내가 할 수 있는 일은 사랑 받을 만한 사람이 되는 것뿐임을.
사랑을 받는 일은 그 사람의 선택에 달렸으므로.

《크리스마스 캐럴》《올리버 트위스트》등으로 유명한 영국의 소설가 찰스 디킨스. 그는 20대에 이미 셰익스피어의 명성에 비견될 만큼 사람들로부터 많은 사랑을 받았다.

디킨스의 10대 시절은 너무나 불행했다. 그는 많은 빚을 져 감옥에 갇힌 아버지를 대신해서 열두 살 때부터 공장에서 하루에 열 시간씩 육체노동에 시달려야 했다. 그러다 그는 거리로 나가 행인들의 구두를 닦기 시작했다. 길모퉁이 한쪽에 자리잡고 앉아 손에 까만 구두약이 묻는 것도 개의치 않고 열심히 구두를 닦았다. 어린 디킨스의 구두 닦는 솜씨는 서툴렀다. 그러나 항상 친절하게 행동해 사람들로부터 칭찬을 받았다. 어려운 생활 속에서도 노래를 부르며 즐겁게 구두를 닦는 디킨스를 보며 사람들은 이렇게 묻곤 했다.

"애야, 오늘 무슨 좋은 일이 있니?"

그러면 그는 환하게 웃으며 이렇게 대답했다.

"당연하죠. 지금 저는 희망을 닦는 중이거든요."

구두약에 손과 얼굴이 더럽혀져도 희망을 떠올리며 눈부신 미래를 생각했던 디킨스와 같은 사람이 있는가 하면, 하루하루를 지긋지긋해하며 어떻게 보낼지 고민하는 사람이 있다. 똑같은 상황에서 왜 어떤 사람은 긍정적인 면을 찾으려고 노력하고 어떤 사람은 부정적인 생각을 하는가? 《N형 인간》의 저자 조관일 박사는 이에 대해 뇌 기능을 중심으로 분석을 하면 편도핵과 관련이 있다고 한다.

편도핵은 직경이 약 15mm 정도 되는 아몬드 모양의 신경조직으로, 쾌감과 불쾌감, 좋고 싫음을 판단하고 기억하는 일에 관여한다. 이 편도핵은 '운의 뇌'라고도 불리는데 그 이유는 편도핵이 긍정 또는 부정적 암시를 하는 기능이 있기 때문이다. 아침에 일어났을 때 편도핵이 '오늘 하루 지긋지긋한 훈련을 어떻게 견딜까' '선임병은 얼마나 나를 괴롭힐까'라는 부정적 암시를 하게 되면 그대로 하루의 내용이 결정된다. 이럴 때 얼른 '오늘 훈련은 빡세지 않을거야' '오늘은 선임병이 지난번처럼 PX에 데리고 가서 컵라면을 사주지 않을까'라는 긍정적인 자기암시를 통해 뇌를 들뜨고 신나게 만듦으로써 하루의 운을 '행운'으로 돌려야 한다는 것이다.

빌 게이츠도 아침에 일어나면 스스로에게 "오늘은 왠지 나에게 좋은 일이 있을 것 같아" "나는 뭐든지 할 수 있어" 이 두 가지 최면을 건다고 한다. 매사를 긍정적으로 생각하는 사람들은 행운과 불운에 일희일비하지 않고 역경 속에서도 희망을 찾으려 노력한다. 비관적이고 부정적인 생각을 주로 하는 사람들은 기회가 찾아와도 저울질만 하다 놓쳐버리고 만다. "비관론자는 모든 기회 속에서 어려움을 찾아내고 낙관론자는 모든 어려움 속에서 기회를 찾아낸다"는 윈스턴 처칠의 말을 기억해라.

고강도의 훈련을 받을 때나 힘든 작업을 할 때도 불평하지 말고 즐거운 마음으로 임해야 한다. 어차피 해야 할 일, 징징대면서 하면 시간만 더디 갈 뿐이다. 빨리 집으로 돌아오고 싶거든 군생활을 즐겨라! 천재는 노력하는 사람을 이길 수 없고 노력하는 사람은 즐기는 자를 이길 수 없다고 하지 않는가?

추위가 맹위를 떨치던 1999년 어느 겨울날, 한 남자가 포장마차에서 소주를 마시고 있었다. 앞에 놓인 소주를 다 마신 후 그는 이 세상을 떠나려고 마음먹었다. 뇌수술을 받고 이혼까지 당한 데다 여러 차례 큰 사건을 겪고 나니 살고 싶은 마음이 사라졌던 것이다.

한남대교에 도착한 그가 다리 한쪽을 난간 위에 올리려던 찰나, 지나가던 한 남자가 이렇게 말했다.

"지금 뛰어내리면 얼어 죽어요. 좀 기다렸다가 따뜻한 봄에 뛰어내리세요."

자살을 하려던 남자는 순간적으로 웃음이 나왔고, 난간에 걸쳐 있던 다리를 슬그머니 내렸다. 자살을 하려던 남자는 그후 성격도 낙천적으로 바뀌고 유머가 풍부한 CEO로 제2의 인생을 살고 있다. 한중엔터테인먼트 진철호 대표의 이야기다.

•

기쁘고 행복할 때는 누구든지 웃지만 슬프거나 고통스러울 때 웃는 일은 쉽지 않다. 웃음은 오히려 힘들고 어려운 처지에 놓여 있을 때 필요하다. 유대인들이 갖은 박해 속에서도 끈질기게 살아남을 수 있었던 것은 어릴 때부터 부모로부터 다양한 유머와 수수께끼를 듣고 자란 덕분이라고 한다. 미국의 대통령 에이브러햄 링컨은 극심한 우울증을 앓았다고 알려져 있다. 우울증을 극복하기 위해 피나는 노력을 했던 링컨은 "여러분, 왜 웃지 않으십니까? 밤낮으로 찾아오는 무서운 긴장감 때문에, 만일 웃지 않았다면 저는 이미 죽은 지 오래되었을 것입니다. 여러분에게도 이 치료제가 저 못지 않게 필요합니다"라고 말했다고 한다.

삶의 무게가 감당할 수 없을 만큼 어깨를 짓누를 때, 웃음은 삶을 버티게 하는 강력한 치유제가 되어준다. 힘든 상황에서도 자신을 컨트롤해서 현실을 헤쳐 나갈 수 있는 힘을 부여한다. 고난에 처해 있을 때일수록 웃어야 하는 이유다. '갈색 탄환'으로 불리는 칼 루이스는 100m를 뛸 때 80m 지점까지는 다른 선수들과 거의 비슷하게 달리다가 20m를 남겨두고 입을 크게 벌리고 통쾌하게 웃었다고 한다. 이 통쾌한 웃음이 폭발적인 힘을 발휘해서 우승을 하게 된다고 하니 웃음의 힘, 놀랍지 않은가!

삼성경제연구소에서 2005년 2월 'SERI CEO' 회원들을 대상으로 유머에 관한 설문조사를 실시했다. '유머가 풍부한 사람을 우선적으로 채용하고 싶다'는 항목에 참여자 631명 중 50.9%가 '그렇다', 26.5%가 '매우 그렇다'라고 대답했다. '유머를 잘 구사하는 사람이 그렇지 않은 직원보다 일을 더 잘한다고 믿는다'라는 항목에서도 '그렇다' '매우 그렇다'의 비율이 각각 40.6%, 17.1%로 나타났다. 또한 참여자 81%가 '유머가 기업의 생산성 향상에 도움이 된다'는데 동의했다.

2000년 미국 경제전문지 〈포천〉이 '세계에서 가장 존경받는 기업 2위'로 선정한 사우스웨스트항공의 공동 창업자인 허브 캘러허 회장은 딱딱하고 건조하던 회사를 '유머경영'을 통해 부드럽고 유연하게 변화시켰다. '일은 즐거워야 한다'는 그의 경영철학은 사우스웨스트항공을 단숨에 미국 항공업계의 2위로 우뚝 서게 했고, 20년간 미국 항공사로서는 유일하게 단 한 차례의 노사 분규도 일어나지 않게 했다. 또한 미국 언론에서 해마다 선정하는 '시간을 가장 잘 지키는 항공사' '고객의 불만이 가장 적은 항공사' 순위에서 1~2등을 차지했다. 허브 캘러허 회장은 직원을 채용할 때 유머감각이 있는 사람들에게 후한 점수를 주었다고 한다.

아들도 얼굴 찡그리고 있는 선임병의 화를 풀어줄 수 있는 유머, 잔뜩 겁먹고 있는 신병의 어깨를 펴게 할 수 있는 유머 한 방을 날려보아라!

16
:
최고의
콘텐츠는
'전우애'

다음주에 혹한기훈련이 있다고 했지? 어느새 군대용어에 길들여진 엄마는 혹한기훈련이란 말만으로 긴장을 한다. 군인아들을 둔 엄마는 걱정, 걱정…이 끊일 새가 없구나. 걱정한다고 해결되는 일이 없는데도 말이다. 그리고 우리가 하는 걱정의 96%는 일어나지 않을 일에 대한 것이라고 하잖니? 아들이 군생활을 잘 해내고 있는데 이제 쓸데없는 걱정 따위는 무 자르듯 잘라내야겠다.

유격훈련과 더불어 혹한기훈련, 이 두 가지는 군대 훈련의 양대산맥이라고 한다지! 과장된 훈련 경험담을 듣기만 한 이등병들은 훈련에 대해 두려움이 클 것이다. 두려움은 경험해보지 않은 일을 하려고 할 때 커지는 법이지, 막상 경험해본 뒤에는 별거 아닐 때가 많단다.

마흔 살 때까지 군대 가는 꿈을 꾸었다는 큰아버지! 유격훈련이 끝나고 '어머님 은혜'를 부르면서 눈물 콧물 범벅이 되어 울었다는 이야기를 들으며 우리 모두 한바탕 웃음보를 터트리잖니? 인간사 모든 일이 그렇듯 군대에서 경험한 힘들고 어려운 모든 일들도 지나고 나면 소중한 추억이 될 거야.

아들아! '모든 군인들이 다 하는 훈련인데 내가 못할 이유가 있겠어?'라는 자신감과 강철같은 의지로 훈련에 임하길 바란다. 이번 훈련이 끝난 후 한층 늠름해져 있을 정 이병을 상상하며 '혹한기훈련'을 떠날 채비에 바쁠 네게 두 가지 당부를 해야겠다. 이번 훈련을 통해서 자신과의 싸움에서 이기는 방법, 동고동락을 함께하는 전우들을 네 몸처럼 소중하게 여기는 마음을 배우도록 해라.

인디언 체로키 부족의 한 할아버지가 손자를 무릎에 앉혀 놓고 말했다.

"얘야, 사람들의 마음 속에는 늑대 두 마리가 치열하게 싸우고 있단다. 한 늑대는 악하기 짝이 없단다. 이 늑대는 분노와 시기, 탐욕, 오만, 후회, 허영, 거짓말, 게으름으로 똘똘 뭉쳐 있어. 다른 늑대는 착하단다. 이 늑대는 기쁨, 평화, 사랑, 친절, 겸손, 절제, 희망, 용기, 이해심으로 가득차 있단다."

이야기를 듣고 있던 손자가 잠시 생각에 잠겼다가 물었다.

"할아버지, 그럼 어떤 늑대가 이겨요?"

할아버지가 빙긋 웃으며 말했다.

"네가 먹이를 주는 늑대가 이기지."

"나와의 싸움에서 패하면 모든 것이 끝장이다. 항상 내 경기와 상황에 충실할 뿐이다."

1990년대 후반 IMF 경제난으로 위축된 국민들의 마음에 희망의 불씨를 지펴주었던 골프선수 박세리의 말이다. 자신과의 싸움에서 이기는 사람이야말로 진정한 승자다. 희망을 잃은 나, 포기하려는 나, 남을 이기려고만 하는 나, 잘못을 남 탓으로만 돌리려는 나… 이런 나를 극복하는 것, 오늘의 나 보다 성숙한 내일의 나를 만나려고 노력하는 것이야말로 추구해야 할 최고의 가치다.

MBC TV에서 방영된 〈무한도전〉 나 vs. 나 특집을 인상 깊게 보았다. 그날 무한도전 멤버들에게 주어진 미션은 '작년의 나를 이겨라'였다. 멤버들의 1년 전 건강과 체력을 현재와 비교하며 이들이 1년 동안 얼마나 달라졌는지를 체크했다. 1년 전 자신과 경쟁을 펼친 것이다. 멤버들이 1년 전 자신을 뛰어넘기 위해 최선을 다하는 모습을 보면서 '어제의 나'와 '오늘의 나'를 비교하는 자신과의 싸움이야말로 삶의 질을 한층 높일 수 있는 가장 좋은 방법이라고 생각했다.

일거리를 찾아 숲속을 헤매고 있는 나무꾼에게 한 묘목이 말을 걸었다.

"나뭇꾼님! 저 나무들을 전부 잘라주세요. 저 나무들 때문에 살수가 없어요. 제게 오는 햇빛도 전부 막아버리고, 마음대로 뿌리를 뻗을 수도 없답니다. 나무들이 저를 겹겹이 에워싸는 바람에 저는 바람소리조차 들을 수가 없어요. 저들만 아니면 저는 금세 아름드리나무가 될 거예요. 제발 저를 좀 도와주세요!"

나무꾼은 묘목의 부탁대로 주위에 우뚝 서 있던 많은 나무들을 남김없이 베어버렸다. 이 묘목은 소망대로 커다란 나무가 되었을까? 홀로 남은 묘목은 얼마 가지 않아 따가운 햇볕에 말라버리고, 폭우와 우박이 몰아쳐 나뭇가지는 사정없이 휘고, 사나운 광풍에 그나마 남아 있던 잎사귀마저 모두 떨어져버렸다.

묘목은 그동안 주위의 나무들이 자신을 보호해준 덕분에 모진 추위와 햇볕, 바람에 안전하게 자랄 수 있었던 것을 몰랐던 것이다. 어리석은 묘목과는 달리 '빨리 가려면 혼자 가고 멀리 가려면 함께 가라'는 말을 실천한 아이들을 보자.

어느 백인 교사가 인디언보호구역 내 학교로 부임한 지 얼마 안 되어 시험을 치르게 됐다. 교사는 아이들에게 오늘은 평소와 달리 특별히 어려운 문제를 낼 거라고 일러주었다. 그러자 인디언 아이들이 갑자기 책상을 가운데로 끌어당기더니 한데 모여 앉았다. 교사는 그런 아이들을 보며 부정행위를 해서는 안 된다고 따끔하게 충고를 했다. 아이들은 도리어 선생님이 이상하다는 듯 입을 모아 말했다.

"저희들은 어려운 문제는 함께 힘을 합쳐야 풀 수 있다고 배웠는데요."

단체생활을 하려면 혼자만 앞서가거나 편하려는 생각을 버리고 구성원들과 함께해야 한다. 인디언 아이들처럼 생각과 행동을 모아야 한다. 남이야 어떻게 되든 말든 아랑곳하지 않고 혼자만 잘 살려는 묘목의 이기적인 생각을 따라해서는 안 된다. 더디 가더라도 밀어주고 끌어주면서 함께 가야 한다.

나뭇가지 한 개는 쉽게 부러뜨릴 수 있지만 나무 다발을 한꺼번에 부러뜨리기는 쉽지 않은 일인 것처럼, 하나일 때는 약하지만 힘을 합하면 강해진다. 혼자서는 감당할 수 없는 일일지라도 '함께라면' 시너지 효과가 발생하고 때론 반전의 열쇠가 되기도 한다. 팀워크는 성공적인 조직으로 가기 위한 가장 큰 원동력이다.

유사시에 전쟁을 불사해야 하는 군대라면 팀워크의 중요성은 더 말할 필요조차 없다. 선임병은 후임병을 사랑으로 대하고, 후임병은 선임병을 믿고 따르면서 '우리'를 위해 힘을 합쳐야 한다. 비난하고 잘못을 탓하고 미워하느라 팀워크를 갉아먹는 것은 전투력의 손실이다. 혹한기훈련의 추위도 녹일 수 있는 것, 유격훈련의 고통도 아물게 할 수 있는 것, 바로 '전우애'다. 지금 네 옆에 있는 전우를 네 몸처럼 소중하게 여겨라. 어렵고 힘든 상황에서 너를 도와줄 사람은 '전우'뿐이다.

영화평론가 오동진은 군대 동기나 후임을 만나면 꼭 존댓말을 쓴다고 한다. 그 시절 그들에게 느낀 고마움 때문이라고 한다. 낫질, 삽질, 곡괭이질을 아무리 열심히 해도 다른 사람 작업량의 10분의 1밖에 하지 못했던 그의 고통을 나누어주었던 사람들을 잊을 수 없다고 한다.

몸무게 53kg에 불과했음에도 불구하고 81㎖ 박격포 중화기 중대에 배속되었던 그는 행군시 낙오되기 일쑤였다. 50km도 못 가 지치기 시작하는 그를 대신해서 그보다 두세 살이 많았던 동기들이 나머지 50km를 그 무거운 포를 들고 가야 했다. 한 기수 아래 후임병들도 행군 도중 흐물흐물 제대로 걷지도 못하는 그 곁으로 슬며시 다가와 포판 혹은 포열을 자기 어깨로 옮겼다. 그리고 복귀하는 내내 번갈아가며 들고 갔다. 나중에는 총과 철모까지 뺏어들었다.

부대로 복귀하고 나서 미안하고 수치스러워 내무반 구석에 조용히 앉아 있으면 소대원들이 "야! 오동진! 오늘 끝까지 해냈어. 수고했다" 라고 한마디씩 하고 지나갔다. 그럴 때마다 왈칵 눈물이 쏟아지곤 했다고 한다.

언젠가 TV에서 본 가슴 뭉클한 장면도 떠오른다. 훈련소에 입소한 쌍둥이 형제의 이야기다. 행군 도중 동생이 발목을 다쳤다. 형은 동생의 군장을 대신 메준다 하고, 동생은 절대 안 된다고 했다. 결국 형이 20kg짜리 군장 두 개를 짊어졌고, 동생은 절뚝거리면서 그 뒤를 따랐다. 힘들어도 내색하지 않고 꾹 참는 형과 형을 걱정하는 두 사람의 마음이 얼굴에 고스란히 드러났다. 어느 순간 그들은 두 손을 꼭 잡은 채 행군을 하고 있었다.

세상에서 최고로 멋진 사나이들의 모습이 아닐 수 없다. 진짜 사나이의 눈에는 이처럼 자신의 힘든 처지보다 전우의 고통이 먼저 보이는 법이다.

군대에서 너를 지켜줄 사람은 '전우'이고, 네가 지켜야 할 사람도 '전우'이다. 전우들과 더불어 가야 한다.

"당신은 내가 할 수 없는 일을 할 수 있습니다. 나는 당신이 할 수 없는 일을 할 수 있습니다. 함께라면 우리는 위대한 일을 할 수 있습니다."

(테레사 수녀)

17
⋮
사랑이
정답이다

후임병이 두 명이나 생겼다며 목소리가 잔뜩 들떠 있구나. 후임병이 들어오면 고생이 끝날 것 같지만, 엄마는 이제부터가 정말 군대생활의 시작이라고 말해주고 싶다. 여태껏 지시에 따르기만 하면 됐는데, 아무것도 모르는 후임병을 일일이 챙겨줘야 하고, 혹시라도 후임병이 잘못이라도 저지르면 혼나는 것까지 네 몫이 될 테니까.

설령 후임병 때문에 힘든 일이 생기더라도 불평하거나 비난하지 말아라. 그들을 질책하고 윽박지르는 일은 더더욱 해서는 안 되는 일이다. 갓 전입온 후임병의 입장에서는 모든 것이 낯설고 두려울거야. 어디든 새내기들은 적응을 하느라 힘들어 하잖아. 더구나 그곳이 상명하복의 관계가 철저한 군대이니 만큼 새내기 후임병들의 고충이 심하리라 생각한다. 어리바리했던 너의 신병 시절을 생각해서라도 그들을 따뜻하게 보살펴주는 선임이 되길 바란다.

며칠 후면 작대기 두 개, 일병으로 진급하는 날이구나. 일만 해서 일병이라는 우스갯소리도 있던데, 후임병에게는 칭찬과 격려를, 앞서 겪고 먼저 경험한 선임병의 노고 앞에서는 존경과 감사를 표현할 줄 아는 사랑 가득한 일병이 되기를 바란다.

사랑하는 아들! 일병 진급을 축하한다.

세계에서 제일 키가 큰 딩카족이 가장 수치스럽게 생각하는 것은 눈물을 흘리는 것이라고 한다. 배가 아파도 열이 나도 딩카족의 아이들은 절대 울지 않는다.

　한 아이가 아름드리나무 위로 쪼르르 올라가 익숙한 솜씨로 설익은 망고를 따서 우드득우드득 베어 먹었다. 전날 저녁부터 굶고 그날 처음으로 망고를 먹는다고 말하는 모습에서 애처로움 보다는 강인함이 느껴졌다. 그런 아이가 신부에 대해서 묻자 울음부터 터트렸다. 웃옷자락으로 눈물을 쓱쓱 닦아내는가 싶더니 "신부님이 아주 많이 보고 싶어요. 저와 톤즈의 많은 사람들을 도와주셔서 정말 감사합니다" 라고 말하며 울음을 그칠줄 모른다.

　그 소년은 톤즈의 브라스밴드 막내 단원인 브린지. 소년은 신부에게 처음으로 트럼펫을 배웠다고 했다. 악기를 빨리 배우고 싶어하는 브린지에게 신부는 "착한 마음부터 가져야 한다"고 가르쳤다. 소년은 "신부님은 내가 잘못을 하면 다른 사람들처럼 때리지 않고 어떻게 하면 고칠 수 있는지 말해주셨다"라고 말했다.

아프리카에서 가장 가난하고 척박한 땅, 톤즈에서 '사람이 사람에게 꽃이 될 수도 있다'는 것을 온몸으로 보여준 故이태석 신부의 삶을 조명한 다큐멘터리 영화 〈울지마, 톤즈〉의 한 장면이다.

의대를 졸업했던 이태석 신부는 의사가 되는 대신 사제가 되기로 마음먹고 뒤늦게 신학대학에 진학했다. 신부가 되자마자 누구도 가고 싶어 하지 않는 남부 수단의 작은 마을 톤즈로 가서 병든 사람들을 치료하기 시작했다. 그를 만나면 살 수 있다는 소문이 빠르게 퍼지면서 병든 사람들이 몰려오기 시작했다. 하루에 300명이 넘는 환자들을 돌보았지만, 신부는 한밤중에 찾아온 환자들도 꺼려하지 않고 그들이 두 번 이상 문을 두드리지 않게 바로 나가서 치료를 해줬다고 한다.

발이 썩어 들어가 뭉개진 한센인들의 발모양을 일일이 그려 특수제작한 신발들을 그들에게 신겨 주었다. 그들의 상처에서 고름을 짜내고 붕대를 감아주는 것은 물론 그들의 이야기를 들어주며 마음속 상처까지 치료해주었다. 소외당해 있던 그들에게 처음으로 따뜻한 손길과 사랑을 알게 해준 것이다.

어린 시절부터 폭력과 파괴를 배우고 소년병으로 끌려가는 아이들을 위해 학교를 지었다. 음악이 오랜 전쟁과 가난으로 부서진 아이들의 마음을 붙잡아주기를 바라는 마음으로 35인조 브라스밴드를 만들었다. 총 대신 악기를 든 아이들은 곧 남부 수단의 유명인사가 되어 큰 행사가 있는 장소에는 항상 그들이 있었다.

신부를 회상하며 울음을 터트린 사람은 브린지 뿐이 아니었다. 얼굴을 두 손으로 가리고 흐느끼며 "저를 먼저 데려가셨어야 하는데 신부님이 돌아가셨다" 라는 여인, "신부님은 아버지 같은 사람이었다. 가난한 사람뿐 아니라 도움이 필요한 모든 사람에게 도움을 베풀었다" 고 말하는 노인, "그는 성경책에서 읽었던 하느님같은 분이었다. 유일하게 우리에게 안식을 주러 찾아온 분이었다" 고 말하는 한센인 환자, 신부의 사진에 입을 맞추며 비통한 눈물을 쏟아낸 그들 모두는 딩카족이었다.

대장암 판정을 받고도 자신의 죽음보다는 "돌아가서 우물을 파야 하는데… 약도 그대로 쌓여 있는데…" 라고 톤즈 걱정을 먼저 했다는 신부의 헌신적인 사랑이 어린 시절부터 폭력과 파괴를 배웠던 그들의 마음을 움직이고, 절망의 땅에 기적을 불러일으킨 것이다.

후임병 모두가 적극적이고, 부족하더라도 배우려는 자세가 되어 있다면 더할 나위 없이 좋은 일이겠지만, 비뚤어지고 어긋나기만 하는 신병일지라도 미워하거나 윽박지르지 않아야 한다. 마음 좋은 형이 되어 그들을 다독여주고 감싸주어야 한다. 너의 따뜻한 손길에서 두렵고 막막하기만 한 군대에서 버틸 수 있는 희망을 보게 하여라. 어려운 일이 생길 때 도와줄 수 있는 사람이라는 믿음을 주어라.

《진짜사나이는 웃으면서 군대 간다》에는 훈련중 총기의 가스조

절기를 분실한 이등병의 수기가 나온다. 그 이등병은 누구에게도 말하지 못하고 전전긍긍하다 늦게서야 분대장에게 보고를 했다. 분대장은 빨리 말하지 않은 것에 대해 질책을 했지만, 더이상 실수하지 말고 훈련을 잘 마치라고 했다. 이등병은 자기 때문에 분대장이 진술서를 쓰고 휴가도 3박4일 동안 통제되었던 것을 나중에야 알게 되었다.

너무 미안해하는 이등병에게 분대장은 장난스럽게 "네가 포상휴가 따서 주면 되잖아"라고 말했다고 한다. 그 후로 이등병은 분대장에게 빚을 갚기 위해 포상이 걸린 대회나 훈련이라면 누구보다 먼저 나서서 최선을 다했고 어딘가 사람이 필요하다고 하면 가장 먼저 손을 들고 뛰쳐나갔다. 그러면서 이등병은 많은 사람들로부터 인정을 받는 군인이 되었다.

이등병의 실수로 인해 불이익을 받게 된 분대장이 그것을 빌미로 그를 갈구거나 미워하지 않았기 때문에 이등병은 적극적이고 능동적인 군인이 될 수 있었다.

어느 곳이나 사람이 모여 사는 곳에서는 진심이 통하게 마련이다. 나를 위해주고 챙겨주는 사람 앞에서는 미운 행동을 할 수가 없는 법이고 실망시키지 않기 위해서라도 최선을 다하게 된다. 미운 짓을 한다고 해서 미워하면 관계만 더욱 어긋날 뿐이다. 미운 짓을 하는 신병이더라도 사랑하고 사랑하고 또 사랑해라! 그 사랑에 반드시 응답이 있을 것이다.

대학원에 다닐 때 영어 과외를 한 적이 있다. 과외를 받는 학생 중에 유난히 엄마를 힘들게 했던 남학생이 있었다. 그 아이는 얼굴을 잔뜩 찌푸린 채 삐딱하게 앉아서 벽만 쳐다보고 있었다. 묻는 말에 대답도 하지 않았다. 증오와 적대감이 온몸을 비늘처럼 에워싸고 있는 듯한 아이를 만나고 온 날이면 머리가 지글지글 끓었다.

그러던 중 우연히 그 아이의 엄마가 세 번이나 바뀐 사실을 알게 되었다. 당시 엄마를 맞아주던 여인이 네 번째 새엄마였던 것이다. 그 아이의 아픔이 오롯이 전해졌다. 삐딱할 수밖에 없는 아이에게 공부보다는 웃음을 찾아주고 싶었다.

매일 아이의 좋은 점을 찾아서 칭찬을 해주었다. 물론 잘못한 점은 따끔하게 나무라는 것도 잊지 않았다. 가끔 아이의 새엄마가 상담을 빌미삼아 아이의 잘못을 들추어낼 때도 아이의 좋은 점을 똑 부러지게 이야기 해주었다. 점점 말수가 많아지고 또래의 여느 사내아이처럼 짓궂은 장난을 치기도 하는 아이의 변화를 지켜볼 수 있었다.

철강왕 카네기는 "아홉 가지 잘못한 일을 꾸짖기보다는 한 가지 칭찬을 해주는 것이 그 사람을 개선하는 데 효과적이다"라고 했다.

주철환의 《청춘》이라는 책에 이런 이야기가 나온다. 다른 PD들이 박경림에게 "너는 목소리가 왜 그렇게 거치니? 얼굴도 사각이고"라고 말할 때, 주철환 PD는 "경림아, 넌 참 독특한 외모에 특별한 목소리를 가졌다. 사람들이 일단 네 얼굴과 목소리에 한번 빠지면 그냥 중독될 거야. 한국에서 오프라 윈프리가 나온다면 아마 네가 아닐까"라고 말했다고 한다.

당시 왕성하게 활동하는 방송사 PD로부터 들은 이 말은 박경림에게 '그래! 할 수 있어. 최선을 다하면 최고가 된다'라는 마음을 갖게 했다. 핸디캡으로 생각하고 있던 외모와 목소리에 대한 칭찬을 받은 후로 박경림은 그 목소리로 시트콤 연기는 물론 MC도 하고, 음반에 뮤지컬, 심야 라디오 DJ 까지 승승장구할 수 있었다.

후임병의 고의적이고 거듭된 실수는 단호하고 따끔한 충고가 필요하겠지만, 아마 신병이기 때문에 익숙치 않아서 저지른 실수가 대부분일 것이다. 실수가 잦은 후임병일수록 의기소침하지 않도록 자주 칭찬을 해주어라. 칭찬은 사람을 변하게 하는 특효약이다. 칭찬을 할 때는 입에 발린 말로 성의없이 해서는 안된다. 상대방의 외모나 성격 행동 등을 눈여겨 보다가 매력적인 점을 발견했을 때 진심을 담아서, 구체적으로 콕 짚어서 칭찬을 하도록 하자.

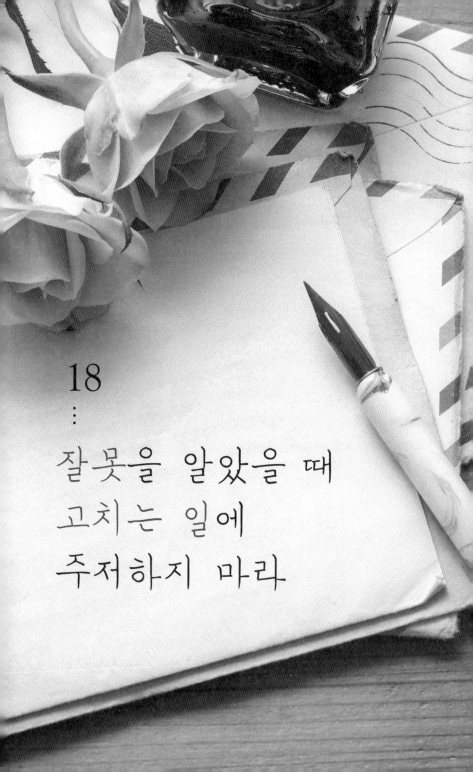

18
:
잘못을 알았을 때
고치는 일에
주저하지 마라

일만 한다고 해서 '일병'이라고 한다더니 정 일병이 바쁘긴 바쁜가 보구나. 통 네 목소리를 들을 수 없으니 말이야. 훈련도 가장 열심히 해야 할 때고 선임병과 후임병 사이에서 연결고리 역할도 해야 하니 얼마나 힘들겠니! 일병 계급을 단 지 얼마 되지 않아서 실수를 자주 할지도 모른다는데 생각이 미치니 엄마의 걱정병이 또 고개를 드는구나.

"누구나 잘못을 저지를 수 있고 실수를 할 수 있다. 그럴 때 변명하거나 핑계거리를 찾으려 하지 말아라. 용서를 구하고 다시는 그런 잘못과 실수를 하지 않으려고 노력하는 사람이 훌륭한 사람인거야!"

엄마가 너희들 어린 시절부터 강조해오던 말이지. 세상에 완벽한 사람은 없단다. 아무리 잘난 사람이라도 잘못하고 실수를 저지르게 마련이지. 빨리 잘못을 깨닫고 진심어린 사과를 하는 사람은 잘못이나 실수에서 자유로워질 수 있지만, 그렇지 않은 사람은 나중에 거짓말쟁이라는 오명까지 쓰게 된다는 걸 잊지 않았으면 좋겠구나.

유명연예인이나 정치인들의 잘못이 언론에서 거론될 때, 처음에는 '절대 그런 일 없다. 명예훼손으로 고발하겠다'고 반응하다가 대부분 얼마 가지 않아 고개를 떨구고 잘못을 인정하더구나. 오늘도 한 유명 인사의 비굴하고 초라한 모습을 보게 되니 씁쓸하기 그지없다.

아들아! 잘못을 알았을 때 즉시 인정하고 진심을 다해 용서를 구하는 사람, 똑같은 잘못을 반복하지 않으려고 애쓰는 사람은 그의 잘못에도 불구하고 훌륭한 사람으로 평가받는데 부족함이 없단다.

생때같은 학생들을 주검으로, 혹은 바닷속 실종자로 남게 하고 한 반도를 온통 초상집이 되게 한 세월호 참사! 20년이 다 된 중고선박을 고철값에 사들여 무리하게 구조변경하고, 허용범위를 훨씬 초과해 승객을 탑승시키고 화물을 적재하는 바람에 300명이 넘는 생명이 수장되었다. 가슴을 치며 통곡할 일이다.

세월호 참사를 비롯해서 멀게는 다리가 붕괴되고 백화점이 무너진 사건, 가깝게는 리조트의 체육관 지붕이 무너진 사건 등 모두가 앞뒤를 따져보면 오래 전부터 충분히 예고된 재앙으로 드러났다. 눈앞의 이익에 눈이 멀어 원칙을 무시하고 편법을 사용한 결과다.

손해가 나는 한이 있더라도 혹은 모든 것을 다 잃더라도 원칙을 지켜야 한다. 치열한 경쟁사회에서 지름길로 가기 위해 원칙을 무시하는 행위는 양심과 도덕을 지키며 열심히 살고 있는 사람들에게 피해를 주고 결국 자신들에게도 독이 되어 돌아간다. 세상이 온통 불법과 탈법으로 뒤덮여 있더라도, 원칙을 지키며 사는 것이야말로 제대로 사는 것이다. 원칙을 지키며 사는 사람은 잘못을 저지를 경우의 수가 적다.

한천 식품업계에서 글로벌시장 점유율 15%, 일본 내수 점유율 80%를 차지하고 있는 일본의 이나식품공업은 유명 방송국과 신문사의 취재 요청이 쇄도한다. 도요타 등 내로라하는 대기업들의 견학 요청도 줄을 잇는다. 이 회사에 이토록 관심이 쏟아지는 이유는 바로 '나이테 경영'이라는 이 회사의 독특한 경영철학 때문이다. 나이테 경영이란 나무가 나이를 먹을 때마다 나이테가 하나씩 생기듯 기업도 천천히 순리에 맞게 조금씩 성장해야 한다는 것이다.

이런 경영원칙 아래 이나식품은 대박이 날만한 신상품을 개발해도 상품화하는데 신중을 기하고, 판매중인 제품이 히트를 쳐서 주문이 밀려든다 해도 대량생산을 하지 않는다. 매출이 급증해도 눈앞의 숫자에 마음이 흔들려 계획에도 없던 직원들을 채용하거나 설비를 늘리지 않는다. 대부분의 회사들이 목표로 삼고 있는 급성장을 오히려 경계한다. 호황기에 무턱대고 규모를 늘렸다가, 불황이 닥치면 설비는 무용지물로 만들고 직원들을 구조조정이라는 살벌한 현실로 내몰지 않겠다는 것이다.

탄생한 지 60년이 됐다는 럭키치약은 당시 국내 치약시장을 독점할 정도로 큰 인기를 끌었다고 한다. 만들기만 하면 줄을 서서 사가는 진풍경이 연출될 정도로 치약이 많이 팔렸다. 이에 주변사람들은 값을 올려 이익을 높이자고 하거나 값싼 원료를 사용하여 이윤

을 더 늘려야 한다고 충고를 하기도 했다. 하지만 이런 제안은 한번
도 받아들여진 적이 없었다.

느려도 '영원히 지속 가능한 성장'이라는 원칙을 고수한 이나식
품의 츠카코시 히로시 회장, 고객과의 약속이 가장 중요했던 故구
인회 회장의 원칙을 지키려는 신념은 기업이 오래 살아남을 수 있
는 가장 중요한 비결이라는 것을 가르치고 있다.

나에게 삶이란 모든 게임 중에서 가장 위대한 것이다. 그렇
기에 삶을 가볍게 생각하고 규칙도 별로 중요치 않다고 여기
는 것만큼 무의미한 것은 없다. 게임에서 규칙은 아주 중요
하다. 공정하지 않게 진행된 게임은 게임이라 할 수 없다. 그
렇기에 게임을 하는 이유가 단지 승리하기 위한 것만은 아니
다. 게임을 하는 최고의 목적은 규칙을 준수하여 정정당당히
그리고 명예롭게 승리하는 데 있다.   (어니스트 섀클턴)

2006년, 미국 일리노이대학병원 종양외과장 다스 굽타 박사는 환
자의 아홉 번째 갈비뼈에서 떼어내야 할 조직을 여덟 번째 갈비뼈
에서 떼어내는 어처구니없는 실수를 저질렀다. 40여 년 경력에 치
명타가 될 수 있는 이 엄청난 사실 앞에서 굽타 박사는 자신의 실수
를 솔직하게 인정하고 환자와 환자의 남편에게 진심어린 사과를 했
다. 수억 원대의 소송을 준비하고 있던 환자측에서는 소송을 포기

하고 8천여만 원에 이르는 배상금을 받고 합의를 했다. 피해자 부부는 "굽타 박사가 솔직하게 잘못을 털어놓을 때 그간의 분노가 눈 녹듯이 사라졌다"고 말했다.

'개과불린(改過不吝)'은 잘못을 알았을 때 고치는 일에 주저하지 말라는 말이다. 굽타 박사는 의사로서 저질러서는 안 될 실수를 저질렀지만, 자신의 실수를 바로잡는 일을 게을리 하지 않았기 때문에 환자 가족의 분노를 누그러뜨릴 수 있었다. 자신의 잘못과 실수를 인정하고 진심어린 사과를 하는 일이 말처럼 쉬운 것은 아니다. 그러나 그러한 모습을 지켜보는 입장에서는 상대방이 잘못을 인정하고 진심어린 사과를 하면 비난하던 마음이 슬며시 사라지고 용서할 마음이 생기게 되는 것이다.

우리 뇌 속의 '거울뉴런(mirror neurons)'이라는 신경세포는 다른 행위자가 행한 행동을 관찰하기만 해도 자신이 그 행위를 직접 할 때와 똑같은 반응을 하는 뇌세포다. 영화에서 주인공이 울거나 슬퍼하는 모습을 보면 나에게 슬픔이 전이되는 것처럼 이 거울뉴런이 잘못을 반성하고 진심어린 사과를 하는 사람을 이해하고 공감하게 한다. 거울뉴런의 힘을 믿고, 잘못한 일이 있으면 적극적으로 사과하고 용서를 구하도록 하자.

공자가 제자들과 함께 천하를 주유할 때의 일이다. 일행이 더위를 피해 잠시 가던 길을 멈추고 나무 그늘에 앉아 쉬고 있었다. 그 사이에 타고 온 말들이 남의 콩밭을 망쳐놓았다.

"콩 농사를 망쳐놓았으니 이제 어떻게 할 거요?"

농부가 화를 내며 콩 값을 요구했다.

"여보시오, 농부. 참으로 미안하게 됐소. 말 못하는 짐승이 그랬으니 이해하시구려. 우리는 가진 돈이 없다오."

공자의 제자인 자공이 나서서 용서를 구했으나 농부는 막무가내였다. 그때 가장 나이 어린 제자가 나서서 공손한 자세로 농부에게 말했다.

"농부님의 밭은 참으로 넓습니다. 보아하니 이쪽 끝에서 저쪽 끝까지 전부가 농부님의 밭인 것 같은데 말들이 농부님의 밭 말고는 어디 풀 한 포기라도 뜯어먹을 데가 없지 않습니까? 말들이 농부님의 콩밭을 망쳐놓은 것은 잘못이지만, 농부님의 밭이 너무 넓기 때문인 연유도 있지 않겠습니까? 그러니까 농부님의 밭 넓이 만큼의 아량으로 한번만 용서해주십시오."

농부는 빙그레 웃으면서 "당신은 예의를 아는 젊은이구려" 하고 말하며 용서를 해주었다.

자공의 사과는 상황을 모면하기 위한 어설픈 사과일 뿐이다. 이런 사과는 상대방의 감정을 누그러뜨릴 수 없다. 오히려 상대방을 더 분노하게 만든다. 반면 젊은 제자는 무엇을 잘못했고 책임은 누구에게 있는지 구체적으로 표현했고, 거기에 상대방에 대한 예의까지 갖춘 진심을 담은 사과를 했다. 입으로만 하는 사과는 사람의 마음을 움직이지 못한다. 진심으로 자신의 잘못을 반성하는 마음이 담긴 사과만이 용서를 구할 수 있다.

용서를 구할 때 '이러저러한 상황 때문에 어쩔 수 없다' '나는 하지 않으려 했는데 누구 때문에 어쩔 수 없다'는 등의 토를 달지 말아라. 그런 식의 사과는 듣는 사람에게 구차한 변명으로밖에 들리지 않는다. 사람의 마음을 움직이는 사과는 진심을 다해서 반성하는 것이다.

용서받고 이해받은 후에는 다시는 같은 잘못과 실수를 저지르지 않으려고 노력해야 한다. 잘못을 저지를 때마다 사과는 잘하지만 똑같은 잘못을 반복하는 사람 역시 입으로만 사과를 하는 사람이다. 같은 잘못과 실수를 저지르지 않으려고 최선을 다해 노력하는 것이 진정한 사과의 최종 단계다.

19
⋮
도움이
필요한 사람을
외면하지 말아라

다급한 목소리로 전화가 와서 화들짝 놀랐구나.

"헬기 추락한 곳이 집에서 가깝던데 아무 일 없습니까?"

난데없이 "~까?" 체를 쓰는 걸 보니 옆에 지휘관이 계시나 보다. 나라 걱정하랴 집안 걱정하랴 고생이 이만저만 아니구나. 고향에서 일어난 사고라고 안부전화를 하게 배려해주신 지휘관께도 감사의 말씀 전해드려라.

우리가 살고 있는 도심 한복판에 헬기가 추락했다. 아파트와 10미터, 학교와 15미터 떨어진 곳이다. 이 사고로 헬기는 형체를 알아볼 수 없을 정도로 산산조각 났고, 다섯 명의 소방관이 순직했다. 그들은 추락하는 순간에도 끝까지 조종간을 놓지 않고 인가가 드문 위치로 헬기를 유도했다고 한다. 헬기가 추락한 장소에서 10미터만 벗어났어도 대형 참사가 일어나고 도시가 아수라장이 될 뻔했다.

절체절명의 순간에 자신의 목숨보다 시민의 안전을 먼저 생각했던 그들의 살신성인 정신에 절로 고개가 숙여진다. 언론이나 SNS에 소개된 그들의 평소 신념을 보니 위기의 순간에 '자신을 희생시키는 것' 이외에 어떤 다른 선택도 하지 않았으리라는 것을 짐작케 하는구나.

"소방관이라는 이름에 도전하는 것 자체가 '희생'을 각오했다는 것이다. 그것이 최고의 자질이다."

(故이은교 소방관의 블로그에서)

"나는 일단 당신 남편이고 아빠지만 이는 집에서 그렇다. 내가 출근을 하면 남편이고 아빠가 될 수 없다. 소방대원이 내 직업이니까. 난 늘 사람이 먼저이고 그 다음에 국가의 재산을 지키고 나는 죽는다."　　(故정성철 소방관이 아내에게 한 말)

故강재구 소령은 엄마 어린 시절에 '살신성인의 본보기'를 묻는 시험문제에 자주 등장했던 의인이다. 월남전 참전을 위한 마지막 훈련 도중 한 이등병이 안전핀을 뺀 수류탄을 놓치고 말았다. 이등병의 손을 떠난 수류탄은 100여 명의 중대원이 있는 곳까지 굴러갔다. 그대로 터진다면 중대 전체가 몰살될 상황이었다. 절체절명의 순간, 수류탄에 대해 잘 알고 있었던 강 소령은 수류탄 위로 몸을 날렸고, 그 순간 수류탄이 터졌다. 다른 중대원들은 경미한 부상을 입는데 그쳤고, 강 소령은 그 자리에서 산화했다.

2004년에도 강 소령의 후예다운 의로운 죽음이 있었다. 전주의 신병교육대 수류탄 투척 훈련장에서 벌어진 일이다. 한 훈련병이 오른손에 수류탄을 쥔 채, 두려움에 떨며 던지지 못하는 위태로운 상황이 벌어졌다. 이때 현장을 통제하던 故김범수 대위는 훈련병의 오른손을 자신의 양손으로 끌어안았다. 그 순간 수류탄이 폭발했다. 당시 사고 현장에 269명의 훈련병과 교관, 조교들이 있어 많은 인명 피해가 발생할 수 있는 상황이었지만, 김 대위의 거룩한 희생으로 모두가 무사할 수 있었다.

손님을 가득 실은 버스가 목적지를 향해 달리던 중 브레이크에 이상이 생겼다. 브레이크가 고장 난 채로 내리막길에 접어든 버스는 속도가 점점 빨라지기 시작했다. 그 순간 당황한 운전기사의 눈에 경사가 급한 내리막길이 펼쳐진 다섯 개의 급커브길이 보였다. 상황을 파악한 승객들은 아우성을 치기 시작했지만, 운전기사는 침착하고 조심스럽게 커브길을 운전해 나갔다. 마침내 마지막 커브길을 통과했고, 모든 승객들은 환호성을 지르며 좋아했다.

이젠 반대편 언덕으로 올라가서 차가 자연스럽게 멈추기를 기다리면 되는 상황이었다. 그때 운전기사의 시야에 길에서 놀고 있는 아이들의 모습이 들어왔다. 깜짝 놀란 운전기사는 다급하게 경적을 울렸다. 아이들은 경적소리를 듣고 피했지만 한 아이가 그 자리에서 우물거리고 있었다.

승객을 살려야 할지, 어린아이를 살려야 할지 고민에 빠진 운전기사는 결국 어린아이를 치고 말았다. 잠시 후 버스는 건너편 언덕에서 멈췄다. 버스가 멈추자 운전기사는 곧장 그 아이에게 뛰어갔다. 아이는 이미 숨이 멈춰 있었다. 소리를 들을 수 없었던 그 아이는 운전기사의 아들이었다.

이 이야기는 스위스에서 실제로 있었던 일이다. 우리나라에서는 2007년 〈버스〉로 제작되어 공연 때마다 전 좌석 매진의 기록을 달성하고, 관객들을 한없이 울게 했던 뮤지컬이다.

남을 위하여 자신이 가지고 있는 것을 바치는 희생은 아무나 할 수 있는 일이 아니다. 더구나 하나뿐인 목숨을 희생하는 일은 상상조차 할 수 없는 일이다. 그렇지만 우리는 상상할 수 없는 일을 행동으로 옮기는 사람들을 현실에서 종종 만난다.

세월호 참사에서 배와 승객들의 안전을 최우선으로 생각해야 할 사람들이 제일 먼저 배에서 빠져 나와 여론의 뭇매를 맞았다. 그런가 하면 기꺼이 자신을 불살랐던 의인들도 있었다. 어린 학생들에게 구명조끼를 나눠주며, 가슴까지 물이 차올라도 탈출하지 않았던 故박지영 승무원! "지금 아이들 구하러 가야 해"라는 아내와의 통화를 마지막으로 끝내 주검으로 돌아온 故양대홍 사무장! 교사 임용 후 처음으로 가르친 제자들에게 "걱정하지 마. 너희부터 구하고 선생님 나갈게"라고 말했던 故최혜정 선생님! 이 분들의 숭고한 희생은 후안무치한 인간에 절망하고 차가운 바다 속에서 어린 생명들이 가라앉고 있는 모습을 지켜보기만 했다는 자책감을 떨치고 일어설 동기를 부여했다.

프랑스의 낭만주의 시인 라마르틴은 "망각은 죽은 이의 두 번째 수의다"라는 말을 했다. 우리를 위해 자신의 목숨마저 아끼지 않았던 의인들을 잊지 않아야 한다. 그들에게 감사하는 마음을 갖고 살아야 한다. 그리고 우리가 할 수 있는 일을 해야 한다. 도움이 필요한 사람에게 따뜻한 손을 내미는 일, 불편하고 손해를 보더라도 어려움에 처한 사람을 외면하지 않는 일, 그들이 남기고 간 세상에 온기를 불어 넣는 일, 우리가 평생을 두고 실천해야 할 일들이다.

광주 대인시장에서 '해뜨는 식당'을 운영했던 故김선자 할머니가 그렇게 살다 가신 분이다. 당신의 형편도 넉넉하지 않으면서 어려운 이웃을 위해 천 원짜리 백반을 파셨다. 천 원은 밥을 얻어먹었다고 생각하고 자존심이 다칠 수도 있는 사람들의 속내까지 배려한 금액이다. 할머니는 젊은 시절에 부도가 나서 힘들었을 때, 주변 사람들의 도움으로 다시 일어설 수 있었다고 한다. 그때 받은 도움을 죽기 전에 꼭 갚아야겠다는 생각으로 식당을 차렸다. 밥과 된장국에 세 가지 반찬이 곁들어진 백반은 주로 시장에 채소를 팔러온 노점상 할머니나 끼니를 거르기 쉬운 독거노인들을 위해 차려졌다.

한 달에 수십만 원씩 적자를 보았지만, 할머니는 자녀들이 보내준 용돈까지 식당 운영을 위해 보태면서 식당 문을 닫지 않았다.

상인들과 지역 기업, 시민들이 "식당 문을 닫지 말고 없는 사람들이 배불리 먹는 밥집이 되게 해달라"는 할머니의 간곡한 유언을 지키려고 노력한 덕분에 매일 100여 명의 사람들이 이 식당에서 따뜻한 밥을 먹고 있다. 한 사람의 선행은 이토록 많은 사람들에게 위안을 주고, 세상은 살 만한 곳이라는 희망을 갖게 한다.

언젠가 SNS에 한 군인이 할머니를 돌보고 있는 사진과 함께 가슴 뭉클한 사연이 올라와 누리꾼들의 눈물샘을 자극했던 일이 있었다. 이혼하고 소식이 끊긴 엄마, 사업에 실패하고 집나간 아버지 대신 고등학교 때부터 아르바이트를 하며 할머니를 모셔온 이준호 씨는 군입대를 앞두고 홀로 남을 할머니가 걱정되어 몇 달간 한푼도 안 쓰고 300만원을 모아서 할머니께 드렸다. 입대 후, 그 돈을 소식이 끊겼던 아버지가 가져가버리는 바람에 할머니는 돈 한푼없이 난방이 끊긴 방에서 생활하다 영양실조와 감기몸살로 앓아 누우셨다. 그는 신병휴가 동안 막노동을 하면서 15만원을 벌었고, 할머니를 병원에 모셔갔다.

휴가에서 돌아온 이준호 이병은 자신이 없는 사이에 할머니가 돌아가시면 어쩌나 하는 걱정에 지푸라기라도 잡는 심정으로 자신이 소속된 1포병여단 예하 쌍호부대 생활관 분대장을 찾아가 사정을 털어놨다. 상황이 알려지자 부대 전체가 적극적으로 나섰다. 대대장의 지시로 행정보급관 등이 그의 집을 찾아가 할머니를 보살폈고, 같은 부대 350명의 장병들은 월급을 쪼개 150만원을 모금했다.

이 이병이 처음으로 사정을 털어놨던 행정보급관 박종건 상사는 조선일보와 사회복지공동모금회가 벌이는 '우리이웃: 62일간의 행복나눔' 기사를 보고 이 이병의 사연을 적어 보냈다. 이에 사회복지공동모금회는 담당 사회복지사와 연계해 이 이병이 제대할 때까지 월세와 생활비 등 총 840여 만원을 할머니에게 지원하기로 했다.

주위를 한번 둘러보아라! 이제 막 새내기 군인이 되어 몸과 마음이 지친 후임병은 없는지? 가족 걱정으로 남모를 고민을 하고 있는 선임병은 없는지? 여자친구로부터 이별 통보를 받고 마음이 서걱거리는 동기는 없는지? 이럴 때 '할 수 있는 일이 없다'며 뒷짐지고 있어서는 안 된다. 그들에게 따뜻한 시선 한번 보내고, 등 한번 토닥여주는 것은 세상의 그 어떤 명약과도 견줄 수가 없다. 그들의 고통에 귀를 기울여라. 진실한 마음을 담은 따뜻한 손을 내밀어라. 그리고 너의 고민도 그들과 함께 나누어라. 그렇게 서로 보듬어주고 토닥여주면서 더불어 살아가는 것이 인생이란다.

언제 어디서든 작은 힘일지라도 타인을 힘껏 돕는 사람이 되어라.

20
⋮
꽃으로도
때리지 마라

군인아들을 둔 대한민국 부모들의 마음이 연일 타들어가고 있구나.
군생활이 막바지에 달한 한 병사가 동료들을 향해 수류탄을 터트리고
총기를 난사해서 5명이 사망하고 7명이 부상을 당했다. 놀란 가슴이
진정되기도 전에 이번에는 선임병들의 상습적인 구타와 가혹행위에
시달리던 병사가 숨진 사건이 드러나면서 전국이 벌집을 쑤셔놓은 듯
들끓고 있다.

너는 때맞춰 휴가를 나와 건강한 모습을 보여주니 그나마 다행이라고
해야 할지 모르겠다. 생각해보니 4박5일 동안 엄마는 네 몸에 난 작은
상처, 옅은 멍자국에도 예민한 반응을 보였던 것 같다. "후임병들 절
대 때리지 마라" "선임병들한테 대들지 말고 무조건 잘못했다고 해
라"라는 당부를 수십 번씩 하면서 너를 배웅했다. 마음이 천 갈래 만
갈래 찢겨나가는 것 같다.

시계를 보며 '지금쯤 버스를 갈아 탔겠구나'라고 생각하고 있는데, 낯
선 전화번호로 벨이 울린다. 네 부대 중대장님이라는구나. 한참 귀대
중일텐데 무슨 일인가 싶어 가슴이 철렁 내려앉는다. 순식간에 별의

별 생각을 다 했다. 중대장님도 이런 엄마 마음을 눈치챘는지 놀라지 말라고 안심부터 시키더구나. 네가 부대생활에 잘 적응하고 있다면서, 부모님들을 위한 단체 채팅방을 개설했으니 언제든지 궁금한 점이 있으면 이용하라고 했다.

부랴부랴 채팅방에 들어가 보니 부대에서 생활하는 모습을 담은 사진들이 여러 장 있었다. 친구들과 사진 찍을 때처럼 병사들과 뒤엉켜서 환하게 웃는 모습을 보니 불안하기 그지없던 마음이 평온해져왔다.

요즘처럼 '군대폭력'이 사회적으로 이슈가 된 적이 드물었기 때문에 방송에서는 매일같이 많은 사람들이 나와서 서슬퍼런 목소리를 내고 있다. 아무리 귀 기울여봐도 공염불에 불과하고 대답없는 메아리처럼 여겨질 뿐이구나. 그런데 중대장님의 전화 한 통으로 모든 시름이 사라진 것 같다.

질퍽거리던 마음이 보송보송해진다. 하늘에서 너를 지킬 수 있는 든든한 동아줄이 뚝 떨어진 것 같아. 깊은 밤까지 울리는 채팅방의 알림소리가 너의 평안함을 말해주는 것 같아 마치 자장가처럼 들리는구나.

부처님은 '맹구우목(盲龜遇木)'의 비유를 들어서 '사람으로 태어나기 힘들다(인신난득人身難得)'는 가르침을 주셨다. 맹구우목은 글자 그대로 풀이하면 눈먼 거북이가 나무판자를 만난다는 뜻이다.

망망대해의 바닷속에 눈먼 거북이가 살고 있었다. 이 거북이는 100년 만에 한 번씩 물 위로 바람을 쐬러 나온다. 그런데 앞을 볼 수 없기 때문에 허우적거리다 걸리는 것이 없으면 도로 물속으로 들어갈 수밖에 없다. 구멍 뚫린 나무판자가 파도에 휩쓸리며 이리저리 떠돌아다니다 운좋게 거북이의 목에 걸리게 되면 거북이는 얼마동안 편안하게 휴식을 취할 수 있다는 이야기다.

비암바수렌 다바아 감독의 영화 〈동굴에서 나온 누렁 개〉는 몽고 유목민 가족과 동굴에서 발견된 개 사이의 인연을 중심으로 평범한 그들의 삶을 다큐멘터리처럼 담백하게 그리고 있다. 이 영화에도 인신난득에 대해 이야기하는 장면이 나온다.

초원에서 양떼를 돌보던 어린 소녀 난사가 비를 만난다. 비를 피하기 위해 들어간 집에서 난사는 집주인 할머니에게 묻는다.

"제가 다음 생애에 사람으로 태어날 수 있을까요?"

할머니는 아이에게 한 손으로 바늘을 잡고 다른 한 손으로는 바늘 위에 쌀을 뿌리게 한다. 그러면서 바늘 위에 쌀이 서면 말하라고 한다. 할머니가 시키는 대로 한참 같은 동작을 반복하던 난사가 다시 묻는다.

"어떻게 그렇게 돼요?"

"사람으로 태어나는 게 그만큼 어려운 거란다. 그래서 한 사람의 인생이 그렇게 값진 것이지."

사람으로 태어날 확률은, 100년에 한 번 물 위로 올라오는 눈먼 거북이가 구멍 뚫린 나무판자를 만날 확률보다 작고, 바늘 위에 쌀을 세울 확률보다 더 희박하다. 우리는 그렇게 힘들게 태어난 귀하고 귀한 존재다. 사람 위에 사람없고 사람 밑에 사람없다는 말이 왜 있겠느냐? 사람은 '존재' 자체만으로도 그 가치가 충분하기 때문에 다른 척도로 사람을 재단해서는 안 된다는 말이다.

지위, 재산, 학식 등을 따져서 사람을 무시하거나 차별해서는 안 된다. 세상에서 제일 한심스러운 인간은 자기보다 잘난 사람에게는 하늘의 별이라도 따다줄 것처럼 굽신거리고, 그렇지 않다고 판단되는 사람들에게는 그악스럽게 구는 사람이라고 생각한다. 누구도 사람 위에 군림하면서 다른 사람을 힘들게 하거나 짓밟을 권리는 없다. '나'는 물론 나와 더불어 사는 '남'도 한없이 소중하고 존귀하다는 사실을 깨달아야 한다.

옛날 어느 마을에 어른들께 인사도 잘하고, 몸이 불편한 할머니를 보면 달려가서 도와드리는 착한 소년이 살고 있었다. 어느 날 산 속에서, 목이 마른 소년은 때마침 옆에 있는 빨간 열매를 따서 먹었다. 그 순간 소년의 몸이 아주 조그맣게 줄어들었다. 그때 개미들이 나타나 소년을 꽁꽁 묶어 어디론가 끌고 갔다.

소년이 끌려간 곳은 곤충들의 재판소였다. 그곳에 모여 있던 곤충들은 여기저기서 소년의 죄를 말하기 시작했다. 베짱이는 할아버지가 소년에게 다리를 뜯겨 시름시름 앓다가 돌아가셨다고 했다. 개미는 소년이 개미집을 무너뜨리고 친구들과 가족들을 밟아 죽였다고 말했다. 다른 곤충들도 소년에게 벌을 내려야 한다고 한마디씩 외쳤다. 그렇지만 소년은 인간들은 그것을 죄라고 생각하지 않는다며 자신의 죄를 인정하지 않았다. 이때 재판관 사마귀가 말한다.

"소년이여, 입장을 바꿔서 생각해봐라! 누군가가 네 팔다리를 강제로 자르고 네 눈 앞에서 부모 형제를 죽인다면 너는 어떻게 하겠느냐?"

그제서야 소년은 자신의 잘못이 무엇인지 깨닫고 진심으로 곤충들에게 용서를 빌었다. 곤충들은 소년을 용서해주었다. 재판관 사마귀는 소년에게 또 다시 같은 죄를 지으면 그때는 절대로 용서하지 않을 것이라고 말했다. 노란 열매를 먹고 원래대로 돌아온 소년은 이렇게 말한다.

"휴, 큰일 날 뻔했다. 앞으로는 아무리 사소한 일이라도 상대방의 입장에서 생각해야겠어."

인성동화《입장바꿔 생각해봐》에 나오는 이야기다. 사람과 사람 사이의 관계가 어긋나는 것은 모든 사람들이 '나'라는 틀에 갇혀서 세상을 바라보기 때문이다. '나는 옳다' '그런데 너는 틀리다'는 생각이 수많은 갈등과 충돌을 낳게 한다. 이럴 때 오해를 풀 수 있는 열쇠는 내가 상대방의 입장이 돼서 생각해보는 것이다. 아무 잘못이 없다고 자신의 무죄를 주장하던 소년이 '입장을 바꿔서 생각해봐라'는 사마귀의 일갈에 잘못을 뉘우쳤던 것처럼 말이다.

선임병이 거친 말을 할 수밖에 없었던 상황, 후임병이 예의없이 굴었던 상황에 대해 화를 내기 전에 그들의 입장을 헤아려보아라. 선임병에게는 남모를 고민이 있을 수도 있고, 후임병을 예의없게 만든 사람은 너일 수도 있다. 말처럼 쉬운 일은 아니지만, 모든 관계에서 돌이킬 수 없는 상처를 주고받지 않으려면 상대방을 이해하려는 노력을 기울여야 한다.

공자는 "자기가 원치 않는 일은 남에게도 억지로 시키지 말라"고 가르쳤고, 예수도 "남에게 대접을 받고자 하는 대로 남을 대접하라"고 말씀하셨다. 표현은 다르지만 모두가 자신이 대접받고 싶은 만큼 남을 대하라, 상대방의 입장을 생각하라는 가르침이다.

"문을 나서는 순간 마주치는 모든 사람을 큰 손님 섬기듯이 하라 (출문여견대빈 出門如見大賓)", 이 말 역시 공자가 제자들에게 강조했던 말씀이다. 만나는 모든 사람을 귀하고 소중하게 여기라는 뜻이다. 내 앞에 있는 사람이 스스로 소중한 사람이라고 느낄 수 있도록 말하고 행동해야 한다. 입장 바꿔 생각하고, 만나는 모든 사람을 큰 손님 맞듯 대하라는 말을 실천하는 것은 말처럼 쉽지 않은 일이다. 이 쉽지 않은 일을 행동으로 옮겨 탁월한 성과를 창출한 대표적인 경영자가 있다. 메리케이 화장품회사를 설립해서 당시에 사회적 약자로 차별받고 있던 여성들에게 무한한 성공의 기회를 제공했던 메리 케이 애시 회장이 바로 그 사람이다.

미국 비즈니스 명예의 전당에 이름을 올리는 영광을 안기도 했던 메리 케이 애시는 직원들과의 약속을 지키기 위해 대통령과의 만찬에 참석하지 않았던 일화로도 유명하다. 그녀는 생전에 성공 비결을 묻는 사람들에게 "남에게 대접받고 싶은 대로 남들을 대하라"고 말했다. 또 모든 사람들과 친밀한 비결에 대해서는 이렇게 말했다.

"북적대는 방에서 누군가와 이야기를 할 때 그 방에 우리 둘만 있는 것처럼 그를 대한다. 모든 것을 무시하고 그 사람만 쳐다본다. 고릴라가 들어와도 나는 신경쓰지 않을 것이다."

장병 상호 간에 서로 존중하고 배려하는 선진 병영문화를 창출하기 위해 제정된 '병영생활 행동강령'은 '첫째, 분대장 이외의 병 상호 관계는 명령복종 관계가 아니다. 둘째, 병의 계급은 상호 서열관계를 나타내는 것이며, 지휘자를 제외한 병 상호 간에는 명령·지시를 할 수 없다. 셋째, 구타, 가혹행위, 인격모독 및 집단 따돌림, 성군기 위반 행위는 어떠한 경우에도 금지한다'를 주요 내용으로 한다. '병영생활 행동강령'에 따르면, 어떠한 경우에도 구타 및 가혹행위를 해서는 안 된다. 사람이 사람을 상대로 폭력을 휘두르거나 가혹행위를 가하는 일은 있을 수도 없는 일이고 해서는 안 될 짓이다. 어떤 명분으로도 정당화될 수 없는 일이다. 그 대상이 나라고 생각해보라. 거기에 정답이 있을 것이다. 어떤 경우든 사람에게 잔인한 행동을 해서는 안 된다.

다음은 《군대생활 사용설명서》에 나오는 내용으로 군에서 실제로 있었던 일이라고 한다. 식사 도중에 후임병의 행동거지가 약간 거슬렸던 선임병이 쇠젓가락으로 가볍게 머리를 툭 치며 주의를 줬다. 그 사소한 행동이 문제가 될 거라고는 그 자리에 있었던 병사들 중 어느 누구도 예상하지 못했다. 그러던 어느 날 상급부대에서 설문조사를 실시했는데, 구타행위가 있었다고 나왔다.

식사하던 도중에 선임병이 쇠몽둥이로 후임병의 머리를 가격했다는 내용이었다. '쇠젓가락'이 '쇠몽둥이'로 둔갑했고, '툭 친' 행위가 '가격'으로 둔갑해버렸다. 그 선임병은 구타를 이유로 징계처리되었다.

후임병의 과장이 도를 지나쳤다고도 할 수 있지만, 아무리 사소한 일일지라도 가해자는 처벌의 대상이 된다. 군인 신분으로 처벌을 받는 것도 경계해야겠지만, 어떤 경우가 됐든 사람을 때리고 짓밟지 않아야 한다는 것은 사람으로서 지녀야 할 기본적인 심성이다.

사람은 '꽃으로도 때리지 않아야 할' 귀하고, 귀한 존재다.

사람이 사람에게 위로받을 수 있다는 것은,
사람이 사람에게 기댈 수 있다는 것은,
사람이 사람을 사랑할 수 있다는 것은,
아니 사람이 사람을
만날 수 있다는 것만으로도
우리는 행복합니다.

(송정림의《참 좋은 당신을 만났습니다》중에서)

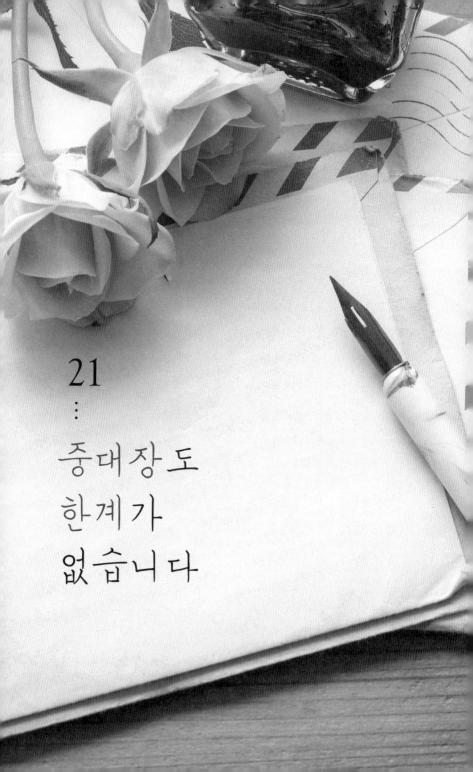

21
⋮
중대장도
한계가
없습니다

아침부터 채팅방이 부지런히 움직인다. 얼굴도 모르는 엄마들이 오로지 자식 걱정으로 이렇게 하나가 되어가고 있구나. 따뜻하고 밝은 아침인사에 엄마도 언젠가 인상깊게 들었던 한마디 말을 보냈단다.

"의사도 선생님도 한계가 있지만, 엄마는 한계가 없다지요. 엄마라는 이름으로 오늘도 힘내세요!"

"중대장도 행정보급관도 한계가 없답니다!"

중대장님의 답글을 보는 순간, 가슴이 먹먹해지고 울컥해졌다. 이보다 더 믿음직한 말이 어디 있겠느냐? 마음속으로 수없이 '감사합니다'를 외치고 있는데 한 엄마의 다급한 메시지가 뜬다.

"중대장님! ○○이가 울면서 전화를 했네요. 확인 좀 부탁드려요."

심장이 쿵쾅거린다. '말로만 듣던 일이 정말 생기는구나. 저 엄마 지금 얼마나 놀랐을까?'

"○○는 지금 전체교육을 받고 있는 중입니다. 보이스피싱 같으니 놀라지 마십시오."

아! 다행이다. ○○ 병사가 무사한 것도 다행이고, 채팅방 덕분에 그 엄마의 애타는 마음이 덜할 수 있었던 것도 다행이다.

고마운 중대장님!

'보이스피싱'에 대처하는 방법에 대해서도 알려주셨단다.

중대장님이 알려준 보이스피싱 대처요령이다.

요즘 군관련 사항을 역이용하여 부모님들에게 군 간부 및 병사를 사칭한 피해사례가 속출하고 있습니다. 아래와 같은 내용의 문자나 전화는 스팸 및 보이스피싱이니 절대 당황하지 마시고 저에게 연락주십시오.

1. 아들이 지금 폭행을 당해 힘들어하고 있으니 빨리 치료비를 송금바람
2. 아들을 사칭하여 울면서 전화를 함
3. 간부를 사칭하여 문자를 발송한 후 송금을 유도함

참 나쁜 사람들이다. 아들을 군에 보내고 하루하루를 살얼음 딛듯 보내고 있는 부모들의 절박한 심정을 이용해서 이런 일을 저지르다니!

교묘한 수법으로 사람을 속이고 피해를 입히는 사람들이 날이 갈수록 늘어가고 있다. 세상은 그런 사람들이 영원히 활개를 치도록 내버려둘 만큼 어리석지 않다. 자기가 한 행위에 대해서 응분의 대가를 치르게 되어 있다.

희대의 금융사기꾼 버나드 매도프는 화려한 언변으로 수많은 부자들이 투자를 하게 만들었다. 뉴욕에 비밀회사를 차리고 컴퓨터 기술을 이용하여 가짜 서류를 투자자들에게 발송했다. 처음에는 꼬박꼬박 10%에 해당하는 이자를 보냈다. 투자자들은 높은 이율의 이자에 현혹되어 자신의 가족, 친척, 친구들까지 계속 끌어들였다. 투자금은 눈덩이처럼 불어났지만 미국에 경기불황이 닥치자 투자자들이 원금상환을 요구하기 시작했다. 버나드에게 모든 걸 투자했다가 몽땅 잃은 투자자들이 버나드를 고소하게 되면서 그의 사기극은 막을 내리게 된다.

버나드는 2008년 12월 증권사기, 돈세탁, 위증, 문서조작 등의 사기혐의로 체포되어 2009년 6월에 150년 징역형을 선고받았다. 그 당시 맨해튼 연방법원의 데니 친 판사는 판결을 내리며 말했다.

"버나드 매도프가 저지른 범죄에 대해서는 그게 엄청난 죄악이라는 메시지를 분명하게 전달해야 합니다. 이런 식의 무책임한 사기 행위는 단순히 서류상으로 이루어지는 악덕 금융범죄에 그치지 않고, 무서운 인명 피해까지 부르는 범죄행위입니다."

피해자가 72만명, 피해금액이 500억불에 이르는 이 사기극으로 피해자들이 충격으로 자살을 하거나 우울증에 걸렸다. 그의 장남은 아버지의 죄로 인해 괴로워하다 사람들의 비난을 이겨내지 못하고 자살을 했다. 그가 감옥에 갇혀 있는 시간이 아무리 길더라도 피해를 입은 사람들의 잃어버린 돈과 파괴된 삶을 보상해줄 수 없다.

이런 엄청난 사기극이 가능했던 것은 버나드의 각본에 따라 충실하게 움직여준 투자자들이 있었기 때문이다. 그들은 탐욕에 눈이 멀어서 달콤한 유혹을 뿌리치지 못했다. 시간과 정성을 들여 튼실하게 여물지 못한 재산이나 명예는 사상누각이 되기 십상이다.

몇 년 전 영국의 경제잡지 〈The Economist〉는 한국 사회를 'one shot society(한 방 사회)'라고 보도했다. 비행기가 뜰 수 없고 이른 아침 출근하는 사람들을 찾기 힘든 수능시험 당일을 묘사하며, '학생들이 치르는 다지선다형 시험이 그들의 미래를 결정한다'고 꼬집었다. 이 기사는 '10대 어린 나이에 치르는 단 한번의 시험에 의해 인생의 성패가 결정되는 사회에서는 잠재력을 발휘할 수 없으니, 성공으로 가는 수많은 길을 열어야 한다'고 결론을 내린다. 기사대로라면 너는 이미 '한 방'을 경험했지만, 대학 입학은 인생이라는 긴 선을 잇기 위한 '한 점'일 뿐이라는 사실을 명심해라. 탄탄한 동아줄 하나 잘 잡아서 인생을 '한 방'에 해결하려는 기성세대들의 민망한 모습은 대물림되지 않아야 한다. 너희들이 한 방 사회라는 오명을 벗겨야 한다.

원하는 것을 얻기 위해서는 반드시 대가를 치러야 한다. 신이라고 해서 예외는 아니다. 북유럽신화의 주신(主神) 오딘(Odin) 역시 지혜를 얻기 위해서 지독한 고통을 감내하면서 한쪽 눈을 뽑아 현인(賢人) 미미르에게 제물로 바쳤다. 피겨의 여왕 김연아 선수가 한 동작을 익히기 위해 만 번을 연습한 것도, 세계 최고의 발레리나 강수진이 하루에 열아홉 시간씩 연습을 한 것도, 세상에 공짜로 주어지는 것이 없다는 사실을 깨닫게 한다.

옛날 현명한 왕이 현인들을 불러 놓고 명령을 내렸다.

"모든 백성들이 잘 살 수 있는 성공비결을 적어오시오."

현인들은 오랜 시간 열심히 연구하고 토론하여 마침내 12권의 책에 성공비결을 적어서 왕에게 바쳤다. 왕은 책을 보더니 말했다.

"12권이나 되는 책을 백성들에게 다 나누어줄 수 있겠소? 요약해 보시오."

현인들은 그것을 절반인 여섯 권으로 줄였다가 그것도 거절당하자 결국 한 권으로 압축했다. 왕은 한 권으로 줄여진 책도 길다고 하며 더 줄여올 것을 명했다.

현인들은 이 책을 한 단원으로, 한 페이지로, 한 문단으로 그리고 마지막엔 한 문장으로 요약하였다. 그때서야 왕은 "그래 바로 이거야! 이거면 누구나 다 잘 살 수 있을 거야" 하며 기뻐하였다.

왕이 감탄한 '백성들이 잘 사는 비결'은 이 한마디였다.

"공짜는 없다."

'신독(愼獨)'이라는 말은 '남이 보지 않는 곳에 혼자 있을 때에도 도리에 어긋나지 않도록 조심하여 말과 행동을 삼가는 것'을 말한다. 남을 속이지 않는 것은 이 신독에서 출발해야 한다고 생각한다. 남이 지켜보든 그렇지 않든 자신에게 당당하고 진실한 사람은 남을 속이는 일을 생각할 수조차 없을 것이다.

미켈란젤로가 시스티나 성당 천장에 〈천지창조〉를 그릴 때의 일이다. 천장벽화의 크기가 무려 600제곱미터에 이르는 대작이었다. 미켈란젤로는 4년이 넘는 동안 매일 천장에 그림을 그렸다. 그의 키가 155센티미터 정도로 알려졌으니 그 고통이 얼마나 심했을지 미루어 짐작하고도 남을 일이다.

그가 사다리 위에 올라가 천장 구석에 인물 하나하나를 꼼꼼하게 그리는 것을 본 친구가 이렇게 물었다

"여보게, 그렇게 구석진 곳에 잘 보이지도 않는 걸 그려 넣으려고 그 고생을 한단 말인가? 그래봤자 누가 알겠는가?"

그가 대답했다.

"내가 알지."

영국의 대문호 셰익스피어가 친구 집을 방문했다. 친구는 집에 없었고, 하인이 그를 맞아주었다. 하인은 곧 주인이 돌아올 거라며 그를 거실로 안내하고, 하던 일을 끝마치려는지 부엌으로 들어갔다. 한참을 기다린 셰익스피어는 차를 한 잔 더 마시기 위해 부엌으로 갔다. 아무도 없는 부엌에서 하인은 양탄자 밑을 청소하느라 바

쁘게 움직이고 있었다. 그는 누가 일부러 들춰보기 전까지는 더러운지 깨끗한지를 알 수 없는 곳까지 청소를 하고 있었다. 뭐가 그렇게 신이 나는지 혼자 콧노래까지 불러가며 청소를 하고 있었다.

그 후로 셰익스피어는, '삶에서 성공하는 비결은 무엇인가?'라는 질문을 받으면 지체하지 않고 이렇게 대답했다고 한다.

"혼자 있을 때에도 아무런 변화가 없는 사람, 그런 사람이 무슨 일에서나 성공할 수 있는 사람이고 내가 가장 존경하는 사람이다."

세상 사람을 모두 속여도 나 자신을 속일 수는 없다. 언제 어디서든 자신에게 떳떳하고 부끄럽지 않은 삶을 살아야 한다. 눈앞의 이익에 흔들려 타인을 속이지 않아야 한다. 양심의 소리에 귀 기울이고 양심에 따라 행동하는 것, 절대 포기해서는 안 될 최고의 가치다. 명품 인생으로 가는 출발점이다. 다음에 옮긴 마틴 루터 킹 목사의 말과 함께 평생을 통해 실천하기를 바란다.

새가 머리 위를 지나가는 것을 막을 수는 없다. 그러나 머리 위에 집을 짓는 것은 막을 수 있다. 나쁜 생각이란 마치 머리 위를 스쳐 지나가는 새와 같아서 막아낼 도리가 없다. 그러나 그 나쁜 생각이 머리 한가운데 자리를 틀고 들어오지 못하게 막을 힘은 누구에게나 있다.

22
⋮

두려움을 용기로
바꿀 수 있다면

장안의 화제 〈명량〉을 보러 갔다. 가족이 함께 모일 때마다 우리집 분위기 메이커인 너의 빈자리가 크게 느껴지는구나. 입대 초기에는 우리만 맛있는 음식을 먹는 것조차 미안했단다.

〈나홀로 집에〉처럼 스크린이 깨질 듯이 소란스럽고 흥미로운 영화를 보면서도 졸기만 했던 아빠가 시종일관 흥미롭게 본 유일한 영화로 우리 가족사에 기록될 것 같구나.

45전 40승 5무라는 기록을 남긴 병법의 천재, 이순신 장군이 병선 12척으로 10배가 넘는 113척의 왜군을 대패시킨 명량대첩을 그려낸 영화 〈명량〉의 한 장면이다.

백성들과 병사들은 시시각각 밀려드는 왜군의 기세에 눌려 언제 죽을지 모른다는 두려움에 떨고 있다. 오로지 이순신 장군만이 12척의 배로도 이길 수 있다는 확신에 차 있다. 장군에게 아들 이회가 묻는다.

"어떻게 하면 우리가 이길 수 있겠습니까?"

"두려움을 용기로 바꿀 수 있다면 충분히 이길 수 있다. 독버섯처럼 퍼진 두려움이 문제지. 만일 그 두려움을 용기로 바꿀 수만 있다면 그 용기는 백배 천배, 큰 용기로 배가 되어 나타날 것이다."

'두려움을 용기로 바꿀 수 있다면!'

이 대사는 영화가 끝나고도 오랫동안 깊은 울림을 주더구나.

선임병들의 상습적인 구타와 가혹행위에 시달리던 병사가 숨진 사건, 일명 '윤 일병 사건'은 자칫하면 단순 질식사로 묻힐 뻔했다. 그런데 한 병사의 용기있는 행동이 가려진 진실을 수면 위로 떠오르게 했다. 그 병사는 여러 굴레에도 불구하고 제보를 하기로 결심한 계기를 이렇게 말했다.

　"만약 이런 사실이 알려지지 않을 경우, 차후 내 자식이 군에 갔다가 억울한 일을 당할 것 같다는 생각이 들었다."

　그 병사에 대한 짤막한 기사 밑에 달린 댓글들은 대부분 "군대 다녀온 사람은 그런 행동이 얼마나 어려운지 안다. 정말 대단한 용기다"라는 내용이었다.

　결심하기까지 수없이 많은 고민과 갈등으로 뒤척이고 서성거렸을 그의 참된 용기가 고마울 따름이다. 아무쪼록 그의 용기가 대한민국 군대의 희망이 될 수 있기를, 그의 일상이 평안하기를 소망한다.

　남아프리카공화국의 인종차별 정책에 맞서 싸우다 26년이란 긴

세월을 감옥에서 보내야 했던 넬슨 만델라 대통령은 "용기란 두려움이 없는 것이 아니라, 두려움을 이기는 것이라는 걸 나는 알았습니다. 지금 기억나는 것보다 더 여러 번 두려움을 느꼈지만, 담대함의 가면을 쓰고 두려움을 감췄습니다. 용감한 사람은 무서움을 느끼지 않는 사람이 아니라, 두려움을 정복하는 사람입니다"라고 말했다.

12척의 배로 왜군을 공격한다는 것은 달걀로 바위를 치는 것이나 마찬가지다. 이순신 장군은 이런 극한의 상황에서 자신은 물론 백성들과 병사들의 두려움을 극복하는 것만이 전황을 역전시킬 수 있는 최고의 무기라고 생각했을 것이다. 장군은 패배의 어두운 그림자, 죽음의 공포에 빠져 우왕좌왕하고 있는 백성들의 생각과 행동을 바꾸고, 병사들 마음에 싹튼 두려움을 죽기를 각오하고 싸울 수 있는 용기로 바꾸었던 것이다.

이순신 장군이나 만델라 대통령은 두려움에 매몰되지 않고 그것을 용기로 바꾼 진정한 승리자다.

'두려움'이란 감정이 얼마나 부질없는 망상에 불과한지 인도 설화에 나오는 이야기를 한번 들어보아라. 어느 마술사가 쥐를 관찰하던 중, 고양이 앞에만 가면 벌벌 떠는 쥐를 보고 불쌍한 생각이 들어 쥐를 고양이로 바꾸어주었다. 그런데 고양이가 된 쥐는 이번에는 개를 무서워했다. 마술사는 고양이를 개로 변신하게 하는 마술을 부려서 고양이는 개가 되었다. 개가 된 고양이는 호랑이를 두려워했고, 마술사는 다시 개를 호랑이로 변신시켜 주었다. 호랑이가 되어서는 사냥꾼의 엽총을 두려워하기 시작했다. 화가 잔뜩 난 마술사가 소리쳤다.

"내가 아무리 해보았자 너의 두려움은 끝나지 않는구나. 다시 쥐로 돌아가라!"

이 이야기에 나오는 쥐처럼 두려움을 떨쳐버리지 못하면 다가오는 기회를 모두 놓칠 수 있다. 살면서 만나는 수많은 두려움과 불안은 실체가 없는 경우가 대부분이다. 해보기도 전에 미리 겁부터 먹기 때문에 두려움의 부피가 점점 커져가는 것이다. 두려움이란 자신에게 익숙지 않은 것, 아직 잘 알려지지 않은 모호한 것에 대한 무지에서 비롯된다고 한다.

가끔 마음속으로 두려워하면서 감히 시도조차 못했던 일을, 우연한 계기에 그것도 어쩔 수 없이 하게 되는 경우가 있다. 그토록 두려워하고 걱정했던 일이 '별 거 아니었어'라는 생각을 들게 하는 경우가 태반이다. 두려움에서 벗어나는 길은 용기를 내어 부딪쳐보는 것이다. '어차피 사람이 하는 일인데 죽기살기로 덤비면 못할 일이 뭐가 있겠어!'라는 굳은 의지를 갖고 필사의 노력을 다하면 이 세상에 두려운 일은 존재하지 않는다. 마음속의 두려움을 용기로 바꿀 때 모든 기회의 문이 열리게 될 것이다.

유대인 격언 중에 "아무것도 손 쓸 방법이 없을 때 딱 한 가지 방법이 있다. 그것은 용기를 갖는 것이다"라는 말이 있다. 미 국방장관을 지냈던 로버트 게이츠는 "새로운 길을 두려워하지 않는 용기, 옳은 일을 행하는 용기, 진실의 편에 홀로 서기를 두려워하지 않는 용기, 권력 앞에서 진실을 말할 수 있는 용기"를 리더가 지녀야 할 중요한 덕목으로 꼽았다. 머뭇거리다가 주저앉지 말고 용기를 내서 도전하라! 용기라는 근육을 단련시켜라!

다시 이순신 장군 이야기로 돌아가보자. 감옥에서 나온 장군이 삼도수군통제사로 다시 임명되었을 때, 6년 동안 공들여 만든 불패의 수군이 전멸된 광경을 눈앞에서 보아야 했다. 보통의 장수라면 '12척 밖에 없다'고 지레 겁을 먹었을 것이다. 장군은 다음과 같이 임금에게 간절하게 요청한다.

"신에게는 아직 전선 12척이 있습니다. 죽을힘으로 지키면 해낼 수 있습니다. 지금 수군을 전부 폐지한다면, 왜군은 이를 행운으로 여길 것이며, 충청도를 거쳐 한강까지 올라갈 것입니다. 신이 두려워하는 것은 그것입니다. 비록 전선은 적지만 신이 죽지 않은 한 적이 감히 우리를 무시하지는 못할 것입니다."

이순신 장군의 강철같은 자신감! 이것이 두려움을 용기로 바꿀 수 있는 원천이었다. 두려움의 빈자리는 자신감이 채운다. 두려움의 천적은 바로 자신감이다. 자신에 대한 흔들리지 않는 믿음을 갖고 있는 사람은 어떤 시련 앞에서도 당당하다. 자신이 시련과 실패로 추락하지 않으리라는 사실을 알고 있기 때문이다. 시련과 실패를 오히려 자신을 단련시키는 밑거름으로 삼는다.

실패만 계속하는 어느 학자에게 주변사람들이 지치지 않냐고 묻자, 그는 "전혀요. 넘어질 때마다 뭔가를 주워서 일어나거든요"라고 말했다고 한다. 그 학자가 스스로에 대한 믿음이 없었다면 한두 번의 실패 끝에 '역시 나는 안 돼' 하며 포기라는 쉬운 길을 선택했을 것이다.

네 안에 있는 경험과 지혜가 탄탄할 때 자신감이 충만해지는 법이다. 끊임없이 배우고, 세상을 보는 안목을 넓힐 때, 네 안의 열등감 덩어리는 자취를 감출 것이다.

《바보 빅터》는 17년 동안 바보로 살았던 IQ 173의 빅터와 못난이 콤플렉스 때문에 힘겨운 삶을 살았던 로라가 삶에서 잃어버린 진실을 되찾는 여정을 담은 책이다. 이 책에는 학생들의 잠재력을 발휘하도록 도와주는 것이야말로 교사의 진정한 임무라고 확신하는 이상적인 교사 레이첼 선생님이 나온다.

아무리 뛰어난 사람이라도 자신을 믿지 못하면 재능을 펼칠 수가 없다. 아이큐 173이었던 빅터가 한 선생님의 실수로 아이큐 73이 되면서 정말 바보로 17년을 살았던 것처럼 말이다. 자신을 비하하고 학대하는 대신 스스로에 대한 확고한 믿음으로 무장할 때 내재돼 있는 가능성과 잠재력이 표출되는 것이다.

수업시간에 레이첼 선생이 아이들에게 하는 말을 듣고 자기자신을 믿는 자신감이 얼마나 큰 힘을 발휘할 수 있는지에 대해서 곰곰이 생각해보길 바란다.

"예전에 백만장자들을 대상으로 부자가 된 비결을 물은 적이 있단다. 그들이 공통적으로 꼽은 비결이 뭔 줄 아니? 바로 자기믿음이었어. 자기믿음이란 자신의 생각과 자신의 직관, 그리고 무엇보다 자신의 가능성을 믿는 걸 말하지."
"에이, 그럼 누구나 다 백만장자가 됐게요."
"그래. 지금 너희들은 그렇게 생각하겠지. 그런데 어른이 되면 자신을 믿기가 어려워진단다. … 세상에는 수많은 방해자들이 있어. 그들은 언제나 우리 주위에 있지. 방해자들은 우리를 혼란에 빠뜨려. 그리고 우리에게 부정적인 프로그램을 주입시켜 우리 자신을 의심하게 만들지. 스스로를 의심하기 시작하면 헤라클레스도 칼을 잡지 못하고, 사이 영(미국의 전설적인 야구선수)도 강속구를 던질 수가 없어. 그러니까 너희는 최후의 순간까지 자신에 대한 믿음을 버려서는 안 돼."

23
⋮
너는 세상에
단 하나뿐인
꽃이다

군인아들을 둔 부모들의 심장은 여전히 떨고 있는데, 얼마 전 온 나라를 들끓게 했던 '군폭력 문제'는 어느새 뒷전으로 물러가버렸구나. 문제가 불거질 때마다 반짝 관심을 보이다 잊어버리는 우리 사회의 고질적인 병폐를 보여주는 단적인 사례다.

이런 와중에 연 이틀간 군인이 자살했다는 보도가 나왔다. 오늘도 휴가 나온 상병 두 명이 동반자살을 했다는 뉴스를 접하고 가슴 한복판에서 찬바람이 숭숭 새어 나왔어. 눈에 넣어도 안 아플 자식을 잃은 부모의 고통이 만져질 듯 생생히 와 닿는구나.

자식을 앞세운 슬픔을 '참척(慘慽)'이라고 한단다. 자식을 저세상으로 먼저 보내는 고통이 세상 부모들이 겪는 가장 참혹한 고통임을 말해 무엇하겠느냐! '창자가 끊어지는 듯한 아픔'을 뜻하는 '단장(斷腸)'이라는 말도 있잖니? 어미 원숭이가 병사들에게 잡혀간 새끼를 울부짖으며 쫓아가다가 결국 죽고 말았는데, 뱃속을 갈라보니 창자가 마디마디 끊어져 있었다는 데서 유래한 말이지. 동물도 그럴진대 자식을 더이상 볼 수도 없고 만질 수도 없는 부모의 심정은 창자가 끊어지는 아픔 그 이상의 것일거야.

아들아! 김종삼 시인의 〈어부〉라는 시에 '… 살아온 기적이 살아갈 기적이 된다/사노라면/많은 기쁨이 있다'라는 구절이 있어. 살다보면 죽을 만큼 힘든 고통과 슬픔도 시간 속에서 풍화되기 마련이란다. 비바람치고 안개가 자욱한 길을 걷다 보면 햇살 가득한 들판에 서 있는 자랑스런 너를 만나게 될 거야.

"나는 전 세계를 여행하는 것을 좋아합니다. 낚시와 골프, 수영도 좋아합니다. 난 내 삶을 즐기고 있어요. 나는 행복합니다."

힘차게 달릴 수 있는 다리도 없고 물살을 헤쳐나갈 팔과 손도 없지만, 머리와 몸통, 그리고 발가락 두 개 달린 왼발 하나로 멋지고 정열적인 인생을 살아가고 있는 닉 부이치치의 말이다.

밥을 먹고, 일어나고, 글씨 쓰는 법을 터득하기 위해서 수백 번, 수천 번 연습을 해야 했던 닉 부이치치! 그런 그가 발가락 두 개로 1분에 43개의 단어를 칠 수 있고, 회계학과 재무관리를 복수전공했다. 낚시와 골프, 수영을 즐기고 전 세계를 돌아다니며 사지가 멀쩡한 사람들에게 꿈과 용기를 심어주고 있다.

어린 시절 암담하고 우울했던 닉은 여덟 살때 삶을 끝내려는 시도를 하기도 했다. 절망에 빠졌던 그가 자신감 넘치고 활기찬 청년이 될 수 있었던 건 살아야 할 이유를 찾았기 때문이다. 첫 번째 이유는 부모님과 친구들이었고 두 번째 삶의 목표는 청년이 될 무렵 생겼다. 닉은 '희망과 용기를 주는 나의 사명'을 찾았다고 표현한다.

전 세계를 돌며 절망 대신 일어나는 방법에 대해 강연하는 닉은 강연 도중 자신의 발을 가리키며 자신에게는 닭다리 같은 드럼채가 있다고 농담을 하며 발가락으로 음악을 연주한다. 넘어지면 책이나 전화기를 이용해서 일어나는 모습도 보여준다. 닉은 2013년 우리나라를 방문했을 때 SBS 〈힐링캠프〉에 출연해서 이렇게 말했다.

"당신이 어떤 모습이든 당신은 소중하고 아름답습니다. 휠체어를 타든 아니든 가난하든 부자든 CEO이든 평범하든 당신은 소중해요. 인생의 소중한 것들은 절대 돈을 주고 살 수 없습니다. 그 누구도 여러분의 가치와 기쁨을 빼앗아갈 수 없습니다. 계속 시도하고 절대 절대 절대 포기하지 마세요. 저는 수천 번 수만 번 이렇게 넘어졌습니다. 그럴 때마다 다시 한번, 또 다시 한번 시도했어요. 그러다 마침내 벌떡 일어서는 방법을 깨우쳤답니다… 한국은 OECD 국가 중 자살률 1위고 하루 평균 40명이 세상을 등집니다. 절대 포기하지 마세요. 제가 할 수 있으면 여러분도 할 수 있어요. 오늘은 오늘만 생각하고 사랑하는 방법을 배우고 본인을 좀 더 사랑하세요. 자신을, 자신의 꿈을, 자신의 목표를, 더 좋은 대한민국을 믿으세요."

교통사고로 인한 전신마비 장애를 딛고 인간승리를 일구어낸 사람이 있다. 아홉 살에 부모님과 함께 미국으로 이민을 간 그는 24세에 운전중이던 자동차가 전복되는 바람에 전신마비 장애인이 되었다. 만능 스포츠맨이었던 그가 걷기는커녕 용변조차 혼자 처리하지 못하는 스물넷의 젖먹이가 된 것이다. 숟가락 사용법, 글씨 쓰는 법 등 모든 것을 처음부터 새로 배워야만 했던 그는 너무나 고통스러운 나머지 자살을 생각한 적도 있었다. 어느 날 찾아간 뉴욕의 한 공동묘지에서 삶에 대한 새로운 깨달음을 얻게 되었다.

"한 평도 안 되는 관 속에 영원히 누워 있는 것보다는 휠체어를 타고라도 넓은 세상을 돌아다니는 게 훨씬 행복해."

휠체어를 탄 채 그는 다시 법과대학원에 다니며 하루 8시간씩 공부해서 미국 사법고시에 합격하고 뉴욕시 브루클린 검찰청의 검사로 임용되었다. 서류 넘기는 일이나 키보드를 두드리는 간단한 일조차 남보다 몇 배의 시간이 필요했음에도 불구하고 임용 후 3년 동안 24회의 재판을 맡아서 모두 승소하고 최연소 부장검사가 되었다. 바로 정범진 검사의 이야기다.

어떤 절박한 이유를 대더라도 스스로 목숨을 포기하는 일은 정당화될 수 없다. 잔인한 세상, 실패한 인생을 살 이유가 없다고 느껴지더라도 살아야 한다. 누구이 말하지만 죽고 싶을 만큼 힘든 고통도 영원하지는 않다. 분명 살아 있기를 잘했다고 생각할 때가 반드시 온다. 닉 부이치치나 정범진 검사보다 훨씬 나은 처지에 있는 사람들이 불평하고 자기비하를 일삼다 잘못된 선택을 하는 것은 염치없는 일이라 생각한다. 그들이 해냈기 때문에 우리도 할 수 있어야 한다. 차라리 무너지는 게 나을 수 있겠다고 생각되는 위기의 순간이 오더라도 누군가에게 도움을 청하고, 사랑하는 사람들을 떠올리고, 행복한 미래를 상상하면서 악착같이 버텨야 한다.

미래를 예측할 수 없기 때문에 삶이 흔들리는 것이다. 고통이 끝난 후 행운과 축복이 나를 기다린다고 생각하면 이 세상을 등질 사람은 없을 것이다. 희망이 없다고 생각하기 때문에 해서는 안 될 행동을 하게 된다. 희망은 스스로가 만들어내는 것이다.

故김수환 추기경도 "내일을 향해 바라보는 것만이 희망의 전부는 아닙니다. 내일을 위해서 오늘 씨앗을 뿌리는 것이야말로 진정한 의미에서의 희망입니다" 라고 말씀하셨지 않은가?

'나는 되는 일이 없어' '나는 세상에서 제일 불쌍한 사람' 이라고 불평만 하는 사람은 희망을 일구어낼 줄 모르는 사람이다. 불평할 시간에 희망의 씨앗을 뿌려야 한다. 지옥같은 현실에 살고 있더라도 미래를 속단해서는 안 된다.

간신히 입에 풀칠할 정도의 돈벌이를 하고 있고, 애인에게는 버림받았으며, 못생긴 데다 73kg이 넘는 외톨이! 그녀 앞에 놓여 있는 인생은 출구를 알 수 없는 깜깜한 터널과도 같았다. 스물아홉 번째 맞는 생일에 편의점에서 사 온 한 조각의 케이크로 파티를 하면서 '항상 혼자였으니 괜찮다'고 애써 위로를 해보지만, 앞으로 50년 이상을 이렇게 살아야 할지도 모른다는 생각에 이르자 몸서리가 쳐졌다. 차라리 죽는 게 낫다고 생각하고 스스로 목숨을 끊으려고 결심한다. 하지만 이내 죽을 용기가 없어 좌절하고 만다.

살아갈 용기도 죽을 용기도 없는 자신에게 또 한번 절망하고 있을 때, 텔레비전 화면에 무심코 시선을 던진 그녀는, 눈앞에 펼쳐진 화려한 라스베이거스의 모습을 보고 난생 처음 뭔가를 해보고 싶다는 간절함과 설렘을 느낀다. 그리고 그녀는 라스베이거스로 가기로 결심한다. '1년 후, 라스베이거스에서 최고의 순간을 맛본 후 서른이 되는 날 죽자'라고 결심한 그녀는, 돈을 벌기 위해 파견사원과 호스티스, 누드모델을 병행하며 죽을힘을 다해 질주한다.

단 하루의 휴일도 없이 평균 4시간의 수면으로 악바리처럼 버텨내며 라스베이거스 행 비행기에 오른 그녀는 서른 살 생일 일주일 전, 세상에서 가장 화려한 곳에서 미련없이 호화로운 생활을 한다. 그리고 서른 살 생일날 카지노의 치열한 도박판에서 5달러를 딴다. 고작 5달러지만 그녀에게는 지난 1년 동안의 노력이 담긴 소중한 결실이었다. 그녀는 죽음을 결심했던 원래의 계획을 수정한다. "이제부터 맞이하게 될 수많은 '오늘들'은 나에게 늘 선물과도 같을 것이다"라고 말하면서 1년 동안 목표를 갖고 치열하게 살아왔던 것처럼, 새로운 목표를 세워 삶을 살아가기로 마음먹는다.

하야마 아마리의 자전적 소설 《스물아홉 생일, 1년 후 죽기로 결심했다》의 내용이다. 2010년 '일본에 더 큰 감동을!'이라는 슬로건을 내걸고 니폰 방송국과 출판사 린다 퍼블리셔스가 주최한 '제1회 일본감동대상' 대상 수상작이다. 하야마 아마리는 절망의 순간에 가슴을 설레게 하는 목표를 만났고, 목표를 달성하기 위해 그녀의 인생에서 처음으로 치열한 삶을 살았다. 라스베이거스로 가기 위한 돈을 벌기 위해 죽을힘을 다해 질주하면서 그녀의 마음속에서 이미 죽음이라는 단어는 지워졌을 것이다. 목표를 가지고 최선을 다해 사는 사람은 내일을 위한 희망의 씨앗을 뿌리는 사람이므로 오늘의 처지를 개의치 않는다. 처지를 비관하고 불평만 하던 하야마 아마리가 목표를 달성하기 위해 1년 동안 치열한 삶을 살면서 했던 말을 기억하자.

"이제 나에겐 '계획'이란 게 생겼고, 반드시 달성해야 할 목표가 생긴 것이다. 계획, 목표… 그런 게 이토록 대단한 것이었나? 시야를 변화시키고 사람의 걸음걸이마저 확 바꿔버릴 만큼 힘 있는 것이었나?"

▶ 첨언 죽음에 이르는 것은 생각보다 쉽지 않다고 한다. 자살하려는 사람 중 상당수는 자살하는 과정에서 후회를 한다고 한다. 한강에 투신했다가 구조대원의 도움으로 살아난 사람이 한강대교 난간에 매달아놓은 노트(자살하려는 사람은 꼭 읽어주세요)가 이를 증명한다.

"차가운 물속에서 숨이 끊어질 때까지 받는 고통의 시간이 살아서 고통받는 시간보다 수천 배 수만 배 더 길다."

24
⋮

1%의 실수가
100%의 실패를
부른다

소대원 전체가 인제 읍내 식당에서 식사를 하던 날, 옆에서 식사하시던 아주머니께서 너희들의 식사대금을 지불하고 나가셨다고 했지? 그 이야기를 듣고 얼마나 가슴이 뭉클했는지! 엄마도 네가 입대한 후로 군인만 보면 가던 길을 멈추고 자꾸 뒤돌아보고, 밥 한 끼라도 사주고 싶은 마음을 애써 참는단다.

오늘도 고속터미널에서 누나를 배웅하고 막 돌아서려는데 무릎 바로 아래부터 발목까지 깁스를 한 군인이 눈에 띄더구나. 어느새 그 군인 뒤를 쫓고 있었다. 내 아들도 아닌데 어쩌다 다쳤는지 깁스 한번 보고 등에 멘 배낭 한번 보고… 배낭이라도 들어주고 싶고, 밥 한 끼 사 먹이고 싶은 마음이 간절하더구나.

오는 내내 깁스한 다리가 자꾸만 눈에 밟혔다. 얼마나 아팠을까? 어쩌다 다쳤는지?… 조심했어야지! 마치 너를 본 듯 마음이 아프구나.

헬기레펠 훈련을 한다고 해서 조심해야 한다고 했더니 이제 그 정도는 두려울 짬밥이 아니라고 하던 말이 생각나는구나.

아들아! 몰라서 나는 사고보다는 익숙해서 나는 사고가 더 많은 법이란다. 그러니 전역하는 날까지 긴장을 늦추지 말고 이등병일 때의 초심을 잃지 말아라.

초보일 때보다 익숙해져서 자신감이 생길 때 예기치 않은 문제가 생기는 경우가 많다. 군생활도 마찬가지다. 이등병 시절에는 매사가 낯설기 때문에 한시라도 긴장을 늦출 수가 없지만 계급이 올라가고 군생활이 익숙해지기 시작하면 방심하고 안이해지기 쉽다.

　앞에서 소개한, 군지휘관을 역임했던 사람들이 쓴 책에 나온 사고 사례들을 보더라도 모두가 좀 더 세심한 주의와 관심을 기울였더라면 피할 수 있었던 일들이었다.

　군화나 운동화를 신었어야 했는데 슬리퍼를 신고 작업을 하다 트레일러에 발을 찧어 뼈가 으스러진 사고(저자는 일어나기가 더 어려운 사고였다고 강조한다), 경계근무를 서던 중 총구를 겨누고 장난치다 일어난 사고, 돌을 나르는 작업을 하다 호박돌을 던져 전우의 머리에 중상을 입히는 사고 등 이 모두가 작은 실수에서 비롯된 사건들이다.

　작은 실수가 모든 노력을 수포로 만든다. 작은 일이라 해서 대충

대충 넘어가려다 돌이킬 수 없는 최악의 상황을 부를 수 있다. '영과후진(盈科後進)' 이라는 말이 있다. 물은 구덩이를 만나면 그 구덩이를 채운 후에야 흘러간다는 뜻이다. 건너 뛰는 법 없이 차곡차곡 채운 다음 나아간다는 말이다. 모든 일을 처리할 때 일이 되어가는 과정을 체크하고, 빠진 것은 없는지 꼼꼼하게 확인해야 한다. 남은 군생활 동안 이 말을 특히 염두에 두고, 작은 일 하나하나에도 세심한 관심과 정성을 쏟는 군인이 되기를 바란다.

브라질에 있는 나비의 날갯짓이 미국 텍사스에 폭풍을 일으킨다는 '나비효과'는 사소한 사건 하나가 나중에 커다란 효과를 가져올 수 있음을 비유할 때 주로 사용하는 표현이다. 린다 카플란 탈러와 로빈 코발은 광고계의 아카데미상으로 불리는 클리오상을 13개 부문에서 수상한 경이로운 기록의 소유자들이다. 이들의 저서《유쾌한 나비효과》는 사람들이 간과하기 쉬운 '작은 것의 힘'에 대해서 이야기하고 있다. 사소한 일상에 숨어 있는 기회들이 인생을 바꾸는 뜻밖의 열쇠가 되기도 하고, 때로는 아주 작은 일이 빌미가 되어 큰 일을 그르칠 수 있음을 여러 가지 사례를 통해 설명하고 있다.

다음에 소개하는 두 가지 사례는 사소한 일을 대하는 자세에 따라 결과가 어떻게 달라질 수 있는지를 보여주고 있다.

엘빈 베일은 당대 최고의 공중곡예사였다. 그는 매 공연 때마다 환호하는 관중들에게 더 새로운 스릴을 선사하기 위해 새로운 묘기를 구상하고 완성하는 데 평생을 바쳤다.

1987년 어느 날, 엘빈은 홍콩 테마파크에서 '인간 대포알'이라는 공연을 하던 중 작은 실수를 저질렀다. '인간 대포알'은 엘빈이 직접 대포알이 되어 커다란 대포 속에 들어가 있다가 발사되는 순간 하늘로 날아올라 반대편 에어백에 안착하는 묘기였다. 그는 이 묘기를 눈감고도 할 수 있을 정도로 달인의 경지에 올라 있었다.

리허설 때마다 엘빈의 몸무게와 똑같은 샌드백을 특정 거리까지 날려 보내는데 어느 정도의 힘이 필요한지 계산을 했다. 홍콩 공연이 있던 그 날, 예상치 못한 오류가 생겼다. 샌드백이 비에 젖어 축축해진 땅 위에 놓여 있었던 것이다. 리허설 전까지는 샌드백이 마를 것 같았다. 하지만 엘빈은 리허설 전에 다시 한번 샌드백을 체크했어야 했다.

엘빈은 모래가 덜 말라서 보통 때보다 더 무게가 나가는 샌드백을 이용해 공연에 필요한 거리를 계산했다. 무언가 잘못됐음을 깨달았을 때는 이미 엘빈이 대포알이 되어 하늘을 날아가고 있었다. 몸이 평상시보다 더 빨리, 그리고 더 멀리 날아가고 있었던 것이다. 그는 착륙해야 하는 에어백이 있는 곳보다 더 멀리 날아가고 있었다.

보통 때라면 푹신한 쿠션이 받쳐져 있는 등으로 에어백 위에 착륙했겠지만, 이 치명적인 비행으로부터 살아남을 수 있는 유일한 방법은 발로 착륙하는 것이었다. 다행스럽게도 그는 위기의 상황에서도 침착함을 잃지 않았다. 공중에서 몸을 약간 돌려 발이 먼저 콘크리트 바닥에 닿을 수 있었다. 목숨은 구했지만 발목과 무릎, 다리, 등뼈가 부러졌다.

미 국무장관을 지낸 콜린 파월의 장교 시절 이야기다. 그는 공중 포격을 하기 전 공격목표 지점에 먼저 낙하해서 주변 지역을 시찰하는 훈련을 받고 있었다.

훈련 마지막 날, 장교들은 온종일 행군을 한 뒤 야간 낙하훈련을 하기 위해 헬리콥터에 올랐다. 낙하 준비를 마쳤을 때, 파월은 상급 장교로서 낙하를 앞둔 대원들에게 낙하산이 자동으로 펴지게 하는 자동삭을 점검하라고 큰 목소리로 외쳤다. 자동삭의 혹은 본래 헬리콥터 바닥 케이블에 걸려 있어야 했다. 파월은 다시 한번 목소리가 헬리콥터 엔진 소리에 묻히지 않도록 쩌렁쩌렁하게 마지막 확인을 당부했다. 그것으로도 성에 차지 않았는지 직접 대원들의 자동삭을 하나하나 확인하기 시작했다. 그때 한 하사관의 자동삭이 풀려 있는 것이 발견되었다. 파월이 하사관의 실수를 찾아내지 못했다면, 그는 헬리콥터에서 낙하한 순간 운명을 달리했을 것이다.

파월은 자서전에서 이렇게 말했다.

"성가시게 느껴질 정도로 사소한 일까지 챙겨라. 스트레스와 피로가 극심한 순간이 바로 실수가 일어나기 쉬운 절호의 타이밍이다."

파월이 자동삭의 상태를 점검하고 또 점검했던 것처럼, 엘빈도 공연 전까지 계속 샌드백을 꼼꼼하게 살폈더라면, 세계 최고의 공중 곡예사가 41세에 하반신이 마비되는 끔찍한 일은 일어나지 않았을 것이다.

적당하게 대충대충 해도 되는 일은 없다. 얼마나 치밀하고 꼼꼼하게 관리했느냐에 따라 일의 성과는 천지차이가 난다. 숫자 하나를 잘못 입력하는 바람에 막대한 손해를 입게 되어 아예 회사 문을 닫게 된 경우도 있지 않은가?

제갈공명과 함께 중국인들이 가장 존경하는 저우언라이 총리는 항상 "작은일에 최선을 다해야 큰일도 이룰 수 있다"고 강조한다. 그는 외국 손님과 만찬이 있는 날은 미리 주방을 찾아가 국수 한 그릇을 말아 먹었다고 한다. 배가 고프면 손님을 대접하는데 소홀할까 우려해서다. 국수로 간단하게 요기를 하고 실제 연회에 나가서는 먹는 시늉만 하면서 손님을 대접했다.

중국의 디테일 경영가 왕중추가 쓴 《디테일의 힘》에 나오는 또 다른 일화에서도 총리의 세심함이 드러난다.

베이징호텔에서 외빈 초청 만찬이 있던 날, 준비상황에 대해 보고를 받던 총리가 물었다.

"오늘 저녁 딤섬에는 어떤 소가 들어가는가?"

"아마 해산물이 들어갈 것 같습니다."

수행원의 대답에 총리의 호통이 이어졌다.

"아마 들어갈 것 같다는 말이 도대체 무슨 뜻인가? 그렇다는 말인가 아니라는 말인가? 외빈들 중에 해산물 알레르기가 있는 사람이 있어서 문제라도 생기면 누가 책임을 질 건가?"

저우언라이 총리가 그랬던 것처럼 큰일을 도모하기 위해서는 작은일부터 꼼꼼하게 챙겨야 한다. 사소한 일 하나하나를 완벽하게 해내야 한다. '사람이니까 실수 좀 할 수 있지'라는 생각은 자신이 맡은 일 앞에서는 변명거리가 될 수 없다. 99% 완벽하게 처리한 일이 1%의 실수 때문에 완전히 망가질 수 있기 때문이다.

아무리 사소한 일이라도 마지막까지 점검하고 또 점검하는 습관을 들이도록 해라. 빠진 것은 없는지, 잘못된 부분은 없는지, 원래의 방향대로 가고 있는지를 정확하고 까다롭게 체크해야 한다. 맡은 일에 정성을 다하는 습관은 너를 성공의 길로 안내할 것이다.

25
:
시간관리의
달인이
되어라

아직도 그 날의 기억이 생생하구나. 연병장으로 달려가는 네 모습을 놓치지 않으려고 눈물 가득한 눈에 힘을 준 순간, 순식간에 네 모습이 시야에서 사라져버렸지.

그렇게 너를 보내고 아주 오랫동안 수시로 목이 메었다. 슬픔을 참느라 입술을 질끈질끈 깨물다가도 순간순간 터져나오는 울음에 발을 뻗고 아이처럼 울기도 했다.

일각이 여삼추라더니 그때 엄마 심정이 딱 그랬다. 이제 네 가슴에 위풍당당하게 올려진 작대기 세 개를 보니 '거꾸로 매달아도 국방부 시계는 간다'는 말이 우스개 소리만은 아닌 듯 싶구나.

하루가 멀다 하고 인터넷에서 군전역일 계산기를 검색했었는데, 언제부턴가 그 횟수가 확연하게 줄기 시작했다. 네 짬밥이 늘어날수록 엄마도 군기가 빠져가고 있음이지!

러시아의 대문호 도스토예프스키는 반체제 혐의로 28세에 사형
선고를 받았다. 총살형이 집행되던 날, 그에게 마지막으로 5분의 시
간이 주어졌다. '아! 다시 한번 인생을 살 수만 있다면…' 회한의 눈
물을 흘리는 순간 사형집행중지 명령이 떨어졌다. 죽음의 문턱에서
극적으로 살아난 그가 그날 밤 동생에게 쓴 편지는 시간을 낭비한
것을 얼마나 뼈저리게 후회하고 있는지 생생하게 보여준다.

　"지난 일을 돌이켜보고 실수와 게으름으로 허송세월했던 날들을
생각하니 심장이 피를 흘리는 듯하다. 인생은 신의 선물, 모든 순간
은 영원의 행복일 수도 있었던 것을 조금 더 젊었을 때 알았더라
면… 이제 내 인생은 바뀔 것이다. 다시 태어난다는 말이다."

　그후 도스토예프스키는 시베리아의 수용소에서조차 창작활동에
몰두했다. 5kg이 넘는 족쇄를 매단 채, 종이 대신 머리 속에 소설을
쓰기 시작했다. 창작활동이 허락되지 않는 유배생활이었지만, 시간
의 소중함을 깨달은 그가 1분 1초도 낭비하지 않기 위해 선택한 방

법이었다. 죽음을 앞둔 '5분의 경험'이 《죄와 벌》《카라마조프 가의 형제들》《백야》 같은 불후의 명작을 낳게 한 것이다.

시간은 누구에게나 공평하다. 금수저 은수저를 물고 태어난 사람과 평범한 촌부의 아들을 차별하지 않는다. 누구에게나 똑같이 주어진 시간을 늘리기 위해서는 주인이 되어 시간을 부릴 수 있어야 한다. 한층 더 부지런을 떨어야 하고, 자투리 시간일지라도 허투루 쓰지 않고 몰입하는 습관을 들여야 한다. 남들과 비슷한 시간 일하고 공부해서는 결과 또한 그들과 비슷할 수밖에 없다.

'시간이 없다'라는 말을 가장 싫어한다는 '시골의사' 박경철은 시간을 규모있게 관리하는 시간관리의 달인이다. 그는 본업인 의사 이외에 재테크 전문가, 방송인, 작가, 칼럼니스트로 활동하고 있다. 1년에 수백 회 이상의 강연을 하면서도 매년 한두 권의 책을 펴냈다. 한 사람이 하나도 제대로 하기 힘든데 1인 다역을 소화하는 비결에 대해 그는 이렇게 말한다.

"우선순위를 둔다는 것은 '무엇을 포기할 것인가'에 대한 결정이다. 이것도 중요하고 저것도 중요하다는 식의 우유부단함은 삶의 방만을 부른다. 시간관리란 무엇인가를 용기있게 포기하는 것이다. 그 포기는 분명한 목표가 있을 때 가능하다."

실제로 그는 2000년 0시를 기해 술, 담배, 골프, 유혹, 도박을 끊었다고 한다. 그리고 나니 시간이 남았다. 그 시간에 책을 읽고 글을 쓴다. 화장실, 이동하는 차 안 등 토막시간마다 책을 펼치니 하루에 책을 한 권 정도 읽을 수 있었다. 그는 매년 10월에 책 한 권씩 내는 것을 목표로 매일 200자 원고지 20~30장 분량의 글을 써서 저장해 둔다고 한다. 그의 화려한 이력이 거저 이루어진 것이 아니다.

대부분의 젊은이들이 군대에서 보내는 시간을 인생에서 버려지는 시간으로 생각한다. 그들은 시간이 빨리 흐르기만 바라며 어영부영 시간을 낭비할 것이다. 우리 인생은 각 시기마다 때맞춰 해야할 일들이 있다. 마땅히 해야 할 일을 제때 하지 않으면 나중에 호미로 막을 것을 가래로 막아도 힘에 부치는 상황에 직면할 수 있다.

군대에서 보내는 637일 동안 하루에 한 시간만이라도 자기계발을할 수 있는 시간을 갖도록 애를 써보아라. 훈련도 받아야 하고 선임병 눈치도 봐야 하고 후임병 관리도 해야 하고… 해야 할 일이 산더미처럼 쌓여 있는데 어떻게 시간을 낼 수 있겠냐고 불평하지 말아라. 저녁식사가 끝나고 저녁점호 준비가 시작되는 밤 9시까지 대략 2시간 정도 개인 자유시간이 보장된다고 한다. 너는 그 시간에 무엇을 하는지 궁금하구나. 보통 운동을 하기도 하고, 부대 PC방이나 노래방에서 시간을 보낸다고 하는데, 검정고시, 수능시험, 각종 자격증 취득을 위해서 공부하는 병사들도 있다고 한다.

시간이 넉넉할 때보다 오히려 자투리 시간을 쪼개 써야 할 때 더욱 효율적이고 집중이 잘 된다. 엄마도 직장생활을 하면서 대학입학 시험을 준비할 때는 일분일초가 아쉬웠기 때문에 틈만 생기면 기를 쓰고 영어단어와 수학공식을 외웠단다. 그런 시간에 한 공부는 어느 때보다 머리 속에 쏙쏙 들어왔다. 사표를 내고 학원을 다니며 공부만 했을 때는 시간은 많은 반면 그날 해야 할 공부조차 다음 날로 미루는 일이 허다했던 것 같다.

군생활을 대충대충 하는 사람들은 대개 '군대에서 벗어나기만 하면 정말 열심히 살 것이야'라고 다짐을 할 것이다. 해야 할 일을 당장 시작하지 않고 미루는 사람은《게으름뱅이 나무늘보 우화》에 나오는 나무늘보가 낮에는 자고 밤에는 빈둥거리면서 "게으름은 정말 오늘까지만이야. 내일부터는… 내일부터는…" 하는 말만 계속하다 결국 아무것도 못하는 것과 똑같다.

시간이 흘러 뒤돌아보았을 때, "최악의 상황에서도 나는 죽을힘을 다했어"라고 말할 수 있어야 한다. 637일은 네 인생에서 다시 오지 않을 찬란하고 눈부신 시기다. 그리고 눈부신 것들은 매우 빨리 지나간다. 누구에게나 공평한 시간이지만 너를 위해서 기다려주지는 않는다. 군대에서 보내는 일분일초의 시간도 네 인생에서 소중한 조각임을 깨닫고, 네 자신을 부단히 연마하길 바란다.

공병호 소장은《군대 간 아들에게》에서 군대에서 보낼 시간에 대해 다음과 같이 조언한다.

"군대에서의 시간을 효율적으로 사용하고 싶은 사람이라면, 잠깐씩 주어지는 자투리 시간을 모아 무엇을 할 수 있을지를 생각해 두고 입대를 하는 것이 좋다. 무엇을 할 것인지는 각자의 꿈에 따라 달라질 것이다. 범위를 좁혀보면 20대 중후반까지 이뤄야 할 목표와 관련된 선택이면 가장 좋을 것이다. 항상 그렇지만 선택은 늘 힘들다. 모든 것을 다 잘할 수 없고, 군대라는 공간적 제약이 존재하기 때문이다. 따라서 과감하게 포기할 것은 포기하고 할 수 있는 것에 집중해야 한다."

《나는 세상의 모든 것을 군대에서 배웠다》에도 군대에서 자투리 시간을 모아 알찬 결실을 맺고 제대한 사람들의 이야기가 실려 있다. 남은 군생활을 효율적으로 이용하는데 도움이 되었으면 한다.

먼저 페이스북 창업자 마크 저커버그의 성공신화를 꿈꾸는 (주) 소셜네트워크 설립자로 군생활 동안 8개의 자격증을 취득한 박수왕 씨의 이야기를 들어보아라. 행정병으로서 컴퓨터 프로그램을 활용하는 업무를 수행했던 그는 어느 날, 고참이 작성해놓은 파일을 통째로 날려버리는 실수를 저질렀다. 그 일로 간부들에게 크게 혼이 났음은 물론이고, 모든 부서원이 투입되어 열흘이나 야근을 하며 선임들의 따가운 눈초리를 견뎌야 했다. 입대 전부터 책임감이 강하고 미래에 대한 준비와 포부가 철저했던 그는 본격적으로 업무 관련 컴퓨터 공부를 하기로 마음먹었다. 평일에는 오후 8시부터 10시까지, 주말에는 종교활동 및 운동시간을 제외한 모든 시간을 할애했다. 그 결과 컴퓨터 활용능력 1·2급, 워드프로세서 1·2급, MOS 등의 컴퓨터 관련 자격증과 경영컨설턴트 자격증, 한문 자격증, 유통관리사 자격증 등을 취득했다. 3개의 특허를 출원하는 성과도 거두었다. 그는 "목표를 반드시 이루고야 말겠다는 의지가 있다면 화장실에서 밤을 새우고 모포 속에서 몰래 전등을 켜고서라도 공부할 만큼 노력해야 한다"고 말했다.

　입대 전에 교과서와 참고서 외에 독서와는 거의 담을 쌓고 살았던 이찬영 군은 군생활에 익숙해져서 낮잠 자는 것에도 지쳐버린 어느 주말 오후, 생활관 책장에 꽂혀 있던 열 권짜리 《삼국지》가 눈에 들어왔단다. 삼국지를 읽어본 적이 없다는 사실에 부끄러운 마음이 들었던 그는 1권을 집어들었다. 그후 엑셀 파일로 읽은책 목록을 만들어서 작가와 제목, 감상평을 짤막하게 남기면서 제대할 때까지 100권의 책을 읽었다. 그는 자신의 경험을 이렇게 말한다. "군대에서 2년, 어떻게 생각하면 어지간히도 긴 시간이다. 물론 업무, 훈련, 작업 등으로 정신없이 바쁠 때도 있지만 한가할 때는 주체하지 못할 만큼 시간이 남아도는 곳이기도 하다. 이런 시간들만 잘 활용해도 사회에서보다 훨씬 많은 양의 독서를 할 수 있다. 그래도 책 읽기에 시간이 부족하다면 부대 내에서 운영하는 연등시간(밤 10시부터 12시까지 자유롭게 공부할 수 있는 시간)을 이용할 수 있다."

　"당신이 아무것도 가진 게 없다면 당신에게 주어진 시간을 활용하라. 거기에 황금같은 기회가 있다."　(피터 드러커)

　"오늘 나의 불행은 언젠가 내가 잘못 보낸 시간의 보복이다."

(나폴레옹)

•

26
⋮
리더는
머슴이다

밴드에 한 병사의 생일을 축하해주고 있는 사진이 올라왔다. 초코파이에 초를 꽂고 생일을 맞은 병사를 향해 보내는 제스처들이 얼마나 우스꽝스러운지 절로 미소가 지어지더구나. 그런데 여느 때와 달리 네 어깨에 녹색견장이 올려져 있었지. 같이 사진을 보던 아빠는 "우리 아들이 분대장이 되었구나"라고 말씀하셨단다. 분대장이 어떤 자리인지 무슨 일을 하는지 꼬치꼬치 묻지 않고 "아! 분대장!" 하는 엄마에게 아빠는 "어느새 군대박사가 다 되었네"라며 빙긋 웃으시더구나.

분대장을 상징하는 녹색견장은 그리스 신화에서 인간들에게 신의 전유물인 불을 몰래 가져다준 죄로 독수리에게 간을 쪼아 먹히는 형벌을 받게 된 프로메테우스의 심장 색깔을 뜻한다고 한다. 독수리에게 간을 쪼아 먹히고 나면 그 자리에 바로 새살이 돋아나 영원히 고통에서 벗어날 수 없었던 프로메테우스의 희생 덕분에 인간은 불을 이용해 문명세계를 이룩할 수 있었다. 분대장 직책을 수행하면서 프로메테우스의 심장과 네 견장의 색깔이 같다는 것을 항상 염두에 두렴.

분대장의 책임을 다하는 동시에 앞서 군생활을 경험한 사람으로서 후임병들이 유능하고 능력있는 군인이 될 수 있도록 이끌어주어야 한다. 그들이 성공적인 군생활을 할 수 있도록 끊임없이 동기부여를 해줄 수 있는 리더가 되어라. 전역 후에도 남은 병사들에게 따뜻하고 기댈 수 있었던 선임병으로 기억되는 것, 이것이 너의 군생활을 완성시켜줄 마지막 화룡점정이 되어야 할 것이다.

말을 타고 길을 가던 신사가 땀을 뻘뻘 흘리면서 커다란 통나무를 옮기고 있는 군인들을 보았다. 그런데 그들의 상사는 옆에 서서 고함만 지르고 있었다. 신사가 상사에게 물었다.

　"당신은 왜 함께 일을 하지 않습니까?"

　"저는 그들에게 명령을 내리는 상사니까요."

　상사의 대답을 들은 신사는 말에서 내려 웃옷을 벗어 놓고는 군인들과 함께 통나무를 나르기 시작했다. 일이 끝나자 그는 서둘러 가던 길을 재촉하며 이렇게 말했다.

　"상사! 앞으로 통나무를 나를 일이 있으면 총사령관을 부르게!"

　상사와 군인들은 그제야 그가 조지 워싱턴 장군임을 알았다.

　이 예화에 나오는 상사는 지휘하고 명령만 내리는 리더인데 반해 워싱턴 장군은 지위가 높아도 병사들과 함께 땀을 흘리는 솔선수범의 리더십을 보여주고 있다. 이처럼 리더가 구성원들과 동고동락하면서 솔선수범하는 '서번트 리더십'은 미국의 경영학자 로버트 그린리프가 처음으로 제시한 이론이다. 그린리프는 서번트 리더십 이론의 기본 아이디어를 헤르만 헤세의 소설 《동방순례》에 나오는 '레오'라는 인물에서 얻었다고 한다.

소설은 상류층 사람들이 동방으로 여행을 떠나는 이야기를 근간으로 하고 있다. 레오는 순례자들의 심부름과 허드렛일을 도맡아서 하는 하인이다. 그는 순례자들 사이를 돌아다니면서 필요한 것이 무엇인지 살피고, 순례자들이 정신적으로나 육체적으로 지치지 않도록 배려했다. 그러던 어느 날 갑자기 레오가 사라져버렸다.

순례자들은 당황하기 시작했고, 서로 책임을 미루며 싸움이 잦아졌다. 순조로웠던 여행이 혼돈 속에 빠지게 되고 결국 순례를 중단할 수밖에 없었다. 그제야 사람들은 드러나지는 않았지만 레오야말로 순례자들의 진정한 리더였음을 깨닫게 된다.

영어의 'servent'는 하인 또는 다른 사람을 섬기는 사람을 뜻하는 말이다. 그린리프는 '리더(leader)'를 다른 사람에게 봉사하는 하인으로 생각하고, '구성원'을 섬김의 대상으로 보았다. 스펙 쌓기를 강요하는 사회에서 대부분의 사람들이 나름대로의 경쟁력 있는 지식이나 기술, 정보를 축적하여 모두가 잘난 시대를 살고 있다. 스스로를 적극적으로 드러내고 싶어한다. 이러한 사회에서 지위를 이용해 군림하려는 리더는 존경받을 수 없다. 구성원들로부터 불만과 비난을 받는 리더가 성공적인 조직을 이끌어갈 수는 없다. 시대가 요구하는 리더는 레오처럼 공동의 목표를 이루기 위해 구성원들이 잠재력을 발휘할 수 있도록 도와주고 이끌어주는 사람이어야 한다.

'위대한 탐험가' '최고의 지도자' '동료들을 먼저 생각할 줄 아는 영웅'으로 불리는 어니스트 섀클턴 경. 그는 100여 년이 흐른 지금도 가장 뛰어난 리더로 평가받고 있는 사람 중 한 명이다.

캐나다의 칼릭호는 북극으로, 영국의 인듀어런스호는 남극으로 탐험을 떠났다. 불행하게도 두 탐험대는 바다가 갑자기 얼어버리는 바람에 빙하에 둘러싸여 오도가도 못하는 상황에 처하게 되었다. 결국 배가 침몰되어 한 치 앞을 내다볼 수 없었다. 엄청난 추위와 맞닥뜨리고 식량과 연료가 떨어져가자 칼릭호 탐험대원들은 수개월 사이에 속임수와 거짓말 도둑질이 난무했다. 그 결과 11명의 대원들은 북극에서 죽음을 맞이했다.

반면, 인듀어런스호의 선장인 어니스트 섀클턴은 자신이 먹을 비스킷이나 우유를 대원들에게 아낌없이 나누어주었다. 위험한 상황이나 힘든 일을 해야 할 때는 솔선수범하며 대원들을 이끌었다. 그는 말을 듣지 않거나 문제를 일으키는 대원들이 있어도 절대 비난하지 않았다. 한사람 한사람에게 임무를 주어 모든 대원들이 절망할 틈을 주지 않았다. 그의 헌신적인 모습을 지켜본 대원들도 서로를 위하고 아꼈다. 섀클턴은 구조를 요청할 6명의 선발대를 만들어 목숨을 걸고 남극 대륙의 끝자락인 사우스조지아 섬에 도착했다.

그리고 도끼 하나와 밧줄에 의지해 해발 3,000m의 빙상을 오르고 추위와 배고픔 속에서 36시간을 걸었다. 634일 만에 인듀어런스호의 대원 28명 모두가 무사히 영국으로 귀환할 수 있었다.

탐험은 실패로 끝났지만, 그들의 여정은 후세 사람들에게 '영광스러운 실패'로 기억되고 있다. 새클턴은 솔선수범하는 자세로 대원들이 서로를 배려하면서 함께 어려움을 헤쳐나갈 수 있도록 이끌었다. 일기에 '중압감에서 하루라도 빨리 벗어나고 싶다'라고 썼을 정도로 리더로서 고충을 느꼈지만 이를 내색하지 않았다. 자신이 먹을 비상식량을 내주고, 어려운 상황에서도 동료들을 존중했던 새클턴의 리더십이 대원들을 감동하게 만들었고, 그 감동이 기적을 낳은 것이다.

중국 전국시대 위나라의 오기(吳起) 역시 병사들을 자식처럼 보살피고 아꼈던 장수였다. 그는 병사들과 같은 곳에서 자고, 똑같은 음식을 먹었다. 행군할 때도 말을 타지 않고 군량미를 짊어지고 병사들과 함께 걸었다. 한번은 이런 일이 있었다.

어린 병사가 상처에 심한 고름이 생겨 고통스러워하는 모습을 보고 오기는 그 고름을 입으로 짜주었다. 그 병사의 어머니가 그 사실을 알고 목 놓아 통곡을 하기 시작했다. 이 모습을 지켜본 누군가가 물었다.

"장군이 당신 아들을 위해 입으로 고름을 짜주었는데 감사하다고는 못할망정 왜 그리 서럽게 우는 것이오?"

"옛날에도 오기 장군이 오늘처럼 제 남편의 상처에 난 고름을 입으로 짜준 일이 있었소. 그런데 그 일에 감동을 받은 남편은 전쟁터에서 물러설 줄 모르고 용감하게 싸우다 결국 전사하고 말았소. 이제 내 아들도 아버지처럼 죽음으로 그 은혜를 갚을까 걱정이 되어 우는 것이라오."

병사들을 위하는 오기의 따뜻한 마음과 지극한 정성 역시 병사들을 감동케 해서 그의 군대가 막강한 전투력을 갖출 수 있게 했고, 오기를 76전 무패의 기록을 달성한 전략가로 만들었다.

모든 인간관계에서 감동은 큰 힘을 발휘한다. 나를 소중하게 여기고 대접해주는 사람 앞에서는 옳고 그름을 따지기에 앞서 믿고 지지하는 마음이 생겨나기 마련이다. 거창하지 않아도 사소한 말 작은 행동 하나가 사람의 마음을 움직인다. 처음 본 사람의 이름을 기억했다가 다시 만났을 때 불러주고, 상대방의 이야기를 귀 기울여 들었다가 나중에 그 일에 대해 언급해주는 것만으로도 사람들의 마음을 열게 할 수 있다.

전방에서 지휘관과 참모생활을 하다 전역한《군대생활 사용설명서》의 저자 권해영은 '우리나라 군대는 세계 최고의 리더십 스쿨'이라고 힘주어 말한다.

군에 입대한 사람이라면 누구나 예외없이 졸병시절인 이등병을 거쳐, 선임으로부터 지도를 받는 동시에 후임들을 지도하고 가르쳐

야 하는 일병, 상병 시절을 경험하게 된다. 병장이 되면 자신이 책임
져야 할 분대원을 거느린 리더의 위치에 서게 된다. 이런 과정에서
팔로워(follower)로서의 자질과 미덕을 배우고, 리더(leader)의 자질
과 덕목을 익힐 수 있게 되는 것이다.

몸을 낮추고 졸병 생활을 잘 해냈으니 만큼 그 시절의 너를 기억
하면서 힘들고 어려운 일일수록 앞장서고, 병사들에게 따뜻한 마음
을 나누어주는 분대장이 되기를 바란다.

다음에 소개하는 글은 《군대가는 바보들》의 저자 박지성이 조교
로 복무하면서 항상 마음속에 새겼다는 어느 소대장의 말이다. 언
제 어디서든 '사람에 대한 예의'를 지키고 '사람의 소중함'을 먼저
생각하는 아들이 되기를 바란다.

"사람은 높은 자리에 앉다 보면 자기가 잘나서 그 자리에 있는 걸
로 착각하기 쉽단다. 잘난 것 없는 사람이 남을 지휘하다 보면 겸허
하고 겸손한 자세로 올바른 판단을 해야 정상이겠지만, 나도 그렇
고 대부분의 사람들은 자기가 잘나서 그 자리에 있다고 생각하지.
일단 그렇게 시작하면 독단과 독선에 사로잡혀서 조직 전체를 파국
으로 몰고나갈 수 있어. 네가 내 전투식량을 챙겨서 나한테 가져오
는 걸 보고 있는데 예전에는 안 그랬는데 이제는 나도 모르게 아주
당연하게 생각하는 내 자신을 보고 깜짝 놀라서 하는 말이야. 내 밥
정도는 내가 가져올 수도 있을 텐데 말이야… 명심해라. 사람이 사
람 위에 서는 건 정말 힘든 일이야."

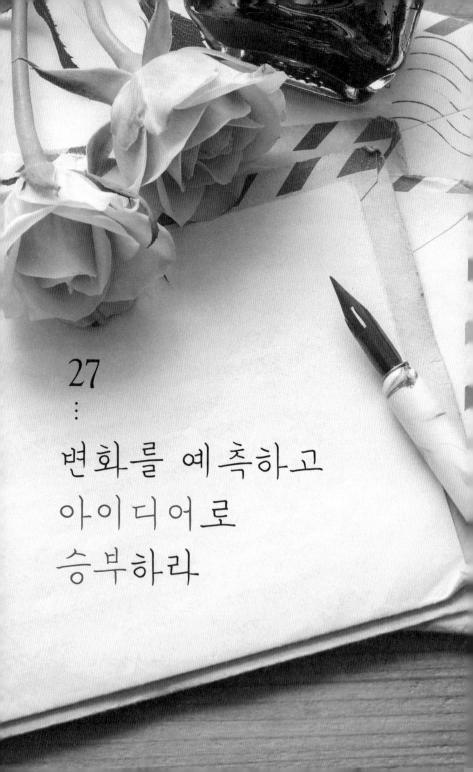

27
:
변화를 예측하고
아이디어로
승부하라

커다란 벽화 앞에서 브이자를 그리며 웃고 있는 정 병장, 오늘 밴드의 주인공이다. 연대장께 칭찬과 격려, 포상휴가를 받았다는 멘트 아래 노고와 재능을 칭찬하는 엄마들의 답글이 이어졌다. 그럼에도 불구하고 엄마는 뙤약볕에서 흘렸을 내 아들의 구슬땀에 더 마음이 쓰이는구나.

하나뿐인 아들이 형장의 이슬로 사라질 운명에 처했을 때, 아들을 면회한 김구 선생의 어머니는 "나는 네가 경기감사를 한 것보다 더 기쁘다"고 말씀하셨고, 안중근 의사 어머니 역시 "너의 죽음은 너 한 사람 것이 아니라 조선인 전체의 공분을 짊어지고 있는 것이다. 일제에 목숨을 구걸하지 말라"고 하셨다는데, 참으로 부끄럽기 그지없다.

입영통지서를 받아본 적은 없지만, 너와 동반 입대한 엄마도 어느덧 병장이 되었구나. 아침에 일어나면 너 있는 곳 날씨부터 검색하고, 그릇 씻는 일부터 마음 쓰는 일까지 매사를 살얼음 딛듯 살피며 지냈다. 그러던 것이 언감생심 꿈도 꾸지 못했던 일들이 가능해지면서 마음에 여유가 생기고 일상이 평온해지기 시작했다. SNS를 통해서 부대 안 생활을 들여다볼 수 있도록 배려와 노고를 아끼지 않으셨던 중대장님을 비롯한 지휘관들, 한솥밥 먹는 군인아들을 둔 이심전심으로 함께 울고 웃었던 부모님들, 군인엄마의 가장 든든한 아군이었다. 마음 한 켠에 두고두고 고마움과 감동으로 각인될 것 같구나.

춘추전국시대에 초나라에 살던 사람이 아끼던 칼을 가슴에 품고 양자강을 건너고 있었다. 강 한가운데쯤 이르렀을 때, 그만 칼을 강물에 빠뜨리고 말았다. 당황한 그는 허리춤에서 조그만 칼을 꺼내 칼을 떨어뜨린 부분의 뱃전에 자국을 내면서 말했다.

　"칼이 빠진 곳에 이렇게 표시를 해 놓았으니 안심해도 되겠구나!"

　건너편 나루터에 배가 닿자마자 그는 표시를 한 뱃전 밑의 강물 속으로 뛰어들었지만 칼이 그 곳에 있을 리 있겠는가? 이를 지켜본 사람들은 그의 어리석은 행동에 대해 '배에 표시를 하고 칼을 찾는다'고 비웃었다고 한다. '각주구검(刻舟求劍)'이라는 말은 어리석고 미련해 융통성이 없다는 뜻으로, 변화나 세상 물정에 어두운 사람을 비유할 때 쓰는 말이다.

　637일 동안 단절되었던 세상과 마주쳤을 때, 뱃전에 표시해둔 칼자국을 보고 칼을 찾는 어리석음을 범하지 않아야 할 것이다.

휴가를 나와서도 미래에 대한 이야기를 더 많이 하고, 부대에 들어갈 때 전공관련 서적을 챙겨가는 너를 지켜보며 이제 전역이 멀지 않았음을 실감한다. 전역 후 얼마 동안은 스펙 쌓기에 급급한 세상에서 홀로 뒤처진 것 같아 당황스럽고 이질감을 느낄 수도 있다. 돌처럼 굳어버린 듯한 머리에 한숨이 새어나오고, 낯선 후배들과의 만남에서는 잔뜩 주눅이 들 수도 있다.

아들아! 걱정하지 말아라! 엄마의 학창시절을 돌아보건대, 강의실과 도서관을 산처럼 지키고, 학기말에 장학금을 받는 이들은 군복무를 마치고 복학한 대한민국 예비역들이었다.

세상은 끊임없이 변하고 있다. 문제는 변화의 속도가 너무 빠르고, 그것이 부지불식간에 온다는 사실이다. 변화와 혁신 분야를 선도해오고 있는 이태복 박사는 그의 저서《변화는 마침표가 없다》에서 변화의 속도를 호수에 퍼지는 수련 잎에 비유해서 변화의 속도에 무딘 사람들에게 경종을 울리고 있다.

그는 호수 위에 떠있는 수련 잎의 수가 매일 두 배씩 늘어나서 30일째 되는 날에는 호수 전체를 완전히 뒤덮게 되는 상상을 해보자고 제안한다. 이 가정에 의하면 29일째 되는 날 호수의 절반이 수련 잎으로 덮이게 되고, 그로부터 24시간이 지나면 호수는 온통 수련 잎으로 가득 차게 된다.

29일째 되는 날, 호수 위에서 보트를 타고 있는 사람들은 어떤 반응을 보일까? 내일이면 보트가 수련 잎으로 뒤덮여서 옴짝달싹 움직일 수 없음을 자각하고 그제서라도 문제를 해결하려고 노력을 할 것인가? 아니면 "아직도 호수의 절반은 남았잖아!"라고 외치며 호수를 유람할 것인가?

찰스 다윈은 "살아남는 것은 가장 강한 종도, 지적 능력이 뛰어난 종도 아니다. 살아남는 것은 변화에 가장 잘 대응하는 종이다"라고 말했고,《2030년 부의 미래지도》의 저자인 미래학자 최윤식 교수는 "미래의 기회는 당신의 생각보다 늦게 오고, 미래의 위기는 생각보다 빨리 온다"라고 강조했다. 그는 향후 20년의 변화가 한 세기의 변화일 정도로 급격한 변화의 시기를 겪을 것이라 말하면서 다가오는 미래를 위해 통찰력을 훈련하라고 당부한다.

현대경영학의 아버지라 불리는 피터 드러커가 "학습이야말로 변화에 뒤지지 않기 위한 평생의 노력"이라고 말한 것처럼 평생 동안 배우는 일을 게을리하지 않아야 한다. 배움을 통해 끊임없이 의식을 확장시키는 사람만이 다가온 변화를 기회로 바꿀 수 있는 직관력과 통찰력을 키울 수 있다.

책은 수많은 사람들의 지식과 사고방식을 섭렵하기에 가장 좋은 도구다. 책 속에는 문제를 해결할 수 있는 방법이 있고, 자신의 목표와 꿈을 좀 더 빨리 이룰 수 있는 비결이 들어있다. 자신조차도 알지 못했던 잠재력을 일깨워서 의식과 행동을 바꾸게 하고 성공의 길로 이끌어준다.

•

'투자의 신' 워런 버핏은 어릴 때부터 책과 신문을 가까이 했다. 그는 열한 살에 주식투자를 하면서 경제신문을 읽었고, 경제용어를 알기 위해 책을 뒤졌다. 대학생이 되어서도 학과공부보다는 책을 읽으며 스스로 의문을 풀었다. 독서량이 방대하다 보니 시험공부 걱정은 거의 하지 않았다. 세계 최고의 부자로 성장한 지금도 버핏은 책과 신분을 가까이 한다고 한다. 그래야 어떤 기업과 국가에 투자했을 때 수익률이 높은지 제대로 알 수 있기 때문이다.

컴퓨터 황제 빌 게이츠도 자신의 성공비결을 "오늘날의 나를 만든 것은 동네의 공립도서관이었다"라는 말로 대신할 정도로 책을 가까이 했다. 남들이 개척해놓은 쉬운 길을 선택하지 않고 독특한 아이디어로 자신만의 길을 걸어갔던 흥행의 귀재 스티븐 스필버그 감독 역시 "나의 창조성과 상상력은 책이 없었다면 불가능했을 것이다"라고 말했다.

이처럼 자신의 분야에서 일가를 이룬 사람들조차 책읽기를 통해서 성장과 발전을 거듭했다. 평생을 통해 책을 가까이 하는 습관을 들여라. 책에서 읽은 글 한 줄이 세상을 보는 눈을 트이게 하고, 인생의 가치를 끌어올릴 수 있음을 명심해야 한다.

딱딱하고 어려운 인문학을 쉽고 재미있게 설명해주어 개그맨보다 더 웃기는 교수로 알려진 김정운 교수는 "20세기는 시키는 일을 열심히 하는 성실한 사람이 성공하는 사회였지만, 21세기는 창의적인 사람이 앞서가는 세상이다"라고 말한다. 시키는 일만 열심히 하는 사람보다 아이디어가 풍부한 사람이 앞서가는 세상이 될 거라는 이야기다. 익숙하고 길들여진 생각, 정해진 틀과 고정관념을 깰 수 있는 남다른 생각을 할 수 있는 창의력과 상상력이 엄청난 무기가 되는 시대가 다가오고 있다.

창의력과 상상력은 특별한 사람들의 전유물이 아니다. 스스로 경험하고 지식을 쌓아가면 아이디어가 축적되어 창의력과 상상력의 바탕이 되는 것이다. 새로운 시각, 열린 마음으로 보면 남들이 미처 발견하지 못한 것에 눈을 뜨게 된다.

사과로 유명한 일본의 아오모리 지역에 1991년 초속 53.9미터의 태풍이 몰아쳐서 수확을 앞둔 사과의 90%가 땅에 떨어지는 위기가 닥쳤다. 마을 사람들이 모두 망연자실해 있을 때 한 젊은이가 떨어지지 않은 10%의 사과에 '합격사과'라는 글을 새겨 판매하자는 아이디어를 내놓았다. '태풍에도 떨어지지 않은 사과를 먹으면 합격한다'는 스토리를 담은 사과는 시중 사과 가격의 열 배의 가격에도 불구하고 날개돋힌 듯 팔려나갔다. 태풍으로 손상된 사과를 보며 절망하는 보통 사람들의 생각을 뒤집어서 다른 관점으로 새로운 판을 짠 젊은이의 지혜가 위기를 기회로 바꾼 것이다.

상상력과 창의성을 키우기 위해 동양의 고전《장자》와 티나 실리그의《스무살에 배웠더라면 변했을 것들》을 꼭 읽어보길 추천한다. 아울러 과학, 영화, 게임, 디자인, IT 등 각 분야 대표 융합인재 12

인이 급변하는 세상을 꿰뚫어보는 힘 '융합'에 대해서 이야기하는 《창의융합 콘서트》도 꼭 읽어보길 권한다. 그리고 "5년 후 오늘, 당신은 어떤 삶을 살고 있을 것인가?"라는 질문을 통해 삶에 획기적인 전기를 마련할 수 있는 단초를 제시하는 하우석의 《내 인생 5년 후》에 나오는 다음 말을 꼭 실천하기 바란다.

"어떤 것이라도 좋으니 마음껏 생각하라. 그리고 적어두어라. 일주일에 하나씩의 아이디어만 기록해도 5년 동안 무려 260개의 새로운 아이디어가 축적된다. 그 가운데에는 지금 당장은 아니더라도 언젠가 분명 황금알을 낳는 거위가 숨어 있다."

▸ 첨언 '제대하면 한 달이고 두 달이고 편안하게 쉬도록 해야지!'라고 오래전부터 생각했는데, 전역이 가까워지니 엄마의 아날로그식 잔소리가 그야말로 우후죽순처럼 늘어나는구나. 무한경쟁의 세계로 발을 내딛게 될 아들에게 힘을 보태고 싶은 엄마 마음이라 생각하렴.
친구들이 제대한 아들을 두고 "일주일 만에 우리 아들로 복귀하던데!" "군 제대하면서 효심은 부대에 놔두고 제대한 것 같아!"라고 농담삼아 하는 말을 들으며 한바탕 웃었던 기억이 난다. 아들은 군인정신 잘 챙겨서 집으로 돌아오길 바란다.

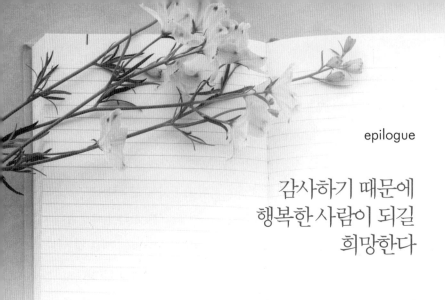

감사하기 때문에 행복한 사람이 되길 희망한다

아들아! 꿈만 같구나!

주인이 돌아온 방, 신발, 옷가지 모든 것이….

그렇게 오지 않을 것 같았던 날이 왔는데도 엄마는 네가 민간인이 됐다는 사실이 아직 믿기지가 않는구나.

며칠 후에 "잘 다녀오겠습니다" 라는 말을 남기고 훌쩍 부대로 돌아갈 것만 같아. 마치 휴가 나왔다 귀대하는 것처럼 말이야.

너도 전역하는 날 그랬지.

"저에게도 이런 날이 왔네요. 이병, 일병 시절에는 선임병들이 전역을 해도 저랑은 상관없는 일로 여겨졌거든요."

어느새 아르바이트를 하고, 학원을 다니며 꽉 짜여진 일상을 보내고 있는 너를 지켜보면서 '군대 보내길 정말 잘했어' 라는 생각이 물안개처럼 피어오르는구나. 군대 가기 전보다 안팎으로 훨씬 성숙해진 아들이 대견하고 자랑스럽다.

"군대는 전쟁을 준비하는 곳이지만 사회는 전쟁을 하는 곳이다" 라는 말 기억하지? 앞으로 무한경쟁 시대를 살아야 할 너를 생각하면 안쓰럽기 그지없구나. 군인정신으로 하면 못할 것이 없다고 하는데 2년 동안 습득한 그 정신으로 잘 해내리라 믿는다.

아들아! 살다 보면 반짝반짝 빛이 나는 날도 있고 한바탕 장대비가 쏟아질 날도 있을 거야. 엄마가 터득한, '예측할 수 없는 삶'에 흔들리지 않는 방법은 '감사하는 마음'인 것 같아.

좋은 일이 있을 때는 모두 엄마가 잘 나서 그런 것 같아 우쭐했고, 일이 잘 풀리지 않을 때는 남 탓으로 돌리기에 급급했었어. 그런데 네 외할머니 병간호를 하면서 병원에 있는 많은 사람들의 고단한 일상을 지켜본 후로 내가 가진 모든 것들에 감사한 마음이 들더구나.

장모님의 오랜 병원생활에도 싫은 내색 한번 하지 않은 남편, 고3의 힘든 수험생활 중에도 엄마가 힘든 것을 더 염려하는 아들, 엄마가 지칠까봐 멀리서 끊임없이 응원의 메시지를 보내는 딸…. 당연하다고 여기던 일들이 얼마나 감사하게 생각되던지! 삶의 고비에서 넘어지지 않고 여기까지 올 수 있었고, 살면서 헤아릴 수 없을 만큼 많은 기쁨이 함께했음도 깨달았어.

그후로 엄마는 모든 일에 감사하면서 하루하루를 보내고 있단다.

하루를 보내며 애써 감사할 일을 찾기도 해. 감사하는 마음을 갖게 되면서부터 마음속의 슬픔 두려움 불안 좌절 의심 등이 하나씩 사라지는 신기한 경험을 하고 있지. 나를 이루고 있는 모든 것에 감사하는 마음을 갖기 시작하면 불평하거나 화낼 일이 줄어들고 행복하고 풍요로운 마음으로 하루하루를 보낼 수가 있어.

토크쇼의 여왕이라 불리는 오프라 윈프리, 너도 잘 아는 사람이지? 작은 키에 예쁘지 않은 얼굴, 뚱뚱한 몸매, 그녀는 가난한 흑인이 가질 수 있는 가혹한 핸디캡을 모두 갖고 있었지만 미국 사람들에게 가장 사랑받는 여인 중 한 사람이 되었잖니. 이 대단한 여인도 매일 일기장에다 그날 일어났던 일 가운데 다섯 가지의 감사 목록을 쓴다고 하는구나. 그녀가 쓰는 감사 일기라고 해서 특별하지 않더구나. 이를테면 이런 거야.

"오늘도 아침을 맞이할 수 있게 해주셔서 감사합니다. 유난히 눈부시고 파란 하늘을 보게 해주셔서 감사합니다. 점심때 맛있는 스파게티를 먹게 해주셔서 감사합니다. 얄미운 짓을 한 동료에게 화내지 않았던 저의 참을성에 감사합니다. 좋은 책을 읽었는데 그 책을 쓴 작가에게 감사합니다."

감사하는 마음을 지니고 사는 사람은 그렇지 않은 사람보다 훨씬 행복한 삶을 살 수가 있단다. "행복해서 감사한 게 아니라 감사하기 때문에 행복한 것이다"라는 말도 있잖아.

　네 주위를 한번 둘러보렴! 얼마나 감사한 일이 많은지! 무탈하게 군생활을 잘 마쳤고, 꼼수부리지 않고 당당하게 군생활을 해서 나중에 술안주 삼을 '군대리아' '군대스리가'에 대한 추억도 쌓을 수 있었으니 얼마나 감사한 일이냐! 세상에서 너를 제일 사랑하는 엄마, 아빠, 그리고 소중한 친구들의 존재 또한 감사하고 감사해야 할 이다.

　사랑하는 아들아!

　자신에 대한 믿음이 확고한 사람,

　희망의 씨앗을 뿌릴 줄 아는 사람,

　평생 배움을 게을리하지 않는 사람,

　당당하면서도 겸손함을 잃지 않는 사람,

　잘못을 인정하고 바로 잡을 줄 아는 사람,

　존재 자체만으로도 위안을 주는 사람,

　감사하기 때문에 행복한 사람이 되길 소망한다.

전역을 한달 여 앞두고 북한의 지뢰 도발로 남과 북이 일촉즉발의 대치 국면에 접어들었을 때를 생각하면 지금도 아찔하구나. 북한의 군사위협이 극에 달했던 사나흘 동안 거의 뜬눈으로 밤을 지샜고 '속보'라는 글자가 눈에 띄면 숨이 멈출 것만 같았단다.

최악의 상황까지 상상하며 불안에 떨며 지내다 협상이 타결된 후에 '이것이 우리나라가 처한 현실이구나'라는 생각을 하게 되더구나. 언제든지 벌어질 수 있는 일이라는데 생각이 미치자 군인의 존재가 더욱 소중하고 든든하게 느껴졌다. 그 당시 북한의 위협에 맞서 싸우겠다고 예정된 전역을 자발적으로 미뤘던 장병들을 비롯해서 이 땅의 모든 군인들에게 감사의 말을 전한다. ♥♥

참고문헌

▼
▼
▼

강상구《내 나이 마흔, 이솝우화에서 길을 찾다》원앤원북스, 2013.

공병호《군대 간 아들에게》흐름출판, 2013.

김난도《아프니까 청춘이다》쌤앤파커스, 2011.

김병완《빨리 가려면 혼자 가고 멀리 가려면 함께 가라》도서출판 루이앤휴잇, 2013.

김봉주《내가 느낀 군대, 나만의 병영일기》에세이, 2007.

김정운《노는 만큼 성공한다》21세기북스, 2005.

김정필《군대생활 매뉴얼》미래의 창, 2012.

김태홍《이제는 실행하라》파라북스, 2011.

김호, 정재승《쿨하게 사과하라》어크로스, 2012.

니콜라스 카《유리감옥》한국경제신문, 2014.

롤프 도벨리, 두행숙 역《스마트한 생각들》걷는 나무, 2013.

마리아 바르티로모, 이기동 역《성공을 지켜주는 10가지 원칙》프리뷰, 2010.

박수왕 외《나는 세상의 모든 것을 군대에서 배웠다》다산북스, 2013.

박양근《진짜사나이는 웃으면서 군대 간다》행복에너지, 2014.

박재희《3분 고전 1,2》작은 씨앗, 2014.

박종평《진심진력》더 퀘스트, 2014.

박지성《군대가는 바보들》지성, 2007.

박지종《유재석 배우기》북랩, 2015.

신상훈《유머가 이긴다》쌤앤파커스, 2010.

엄홍길 외《내 꿈은 군대에서 시작되었다》샘터, 2013.

유문원 외《꽃보다 군인》골든타임, 2014.

이득형《재치ㆍ유머 이야기》진리탐구, 2000.

이주일 외《성공하고 싶다면 군대에 가라》중앙 M&B, 2002.

이태복《변화는 마침표가 없다》패러다임컨설팅, 2009.

임재성《한비자의 인생수업》평단문화사, 2014.

자오스린, 허유영 역《사람답게 산다는 것》추수밭, 2014.

전옥표《이기는 습관 1》쌤앤파커스, 2007.

정대철《노자독법》안티쿠스, 2013.

정호승《당신이 없으면 내가 없습니다》해냄출판사, 2014.

조관일《N형인간》현문미디어, 2014.

존헌츠먼, 이선영 역《원칙으로 승부하라》럭스미디어, 2011.

챠오슈잉, 이성희 역《우화에서 발견한 인생 지혜》지식여행, 2008.

최광현《가족의 두 얼굴》부키, 2014.